JN098966

丸の内で就職したら、幽霊物件担当でした。12

竹村優希

角川文庫
23260

Contents

丸の内で就職したら、幽霊物件担当でした。

吉《よし》原《はら》不動産

東京・丸の内に本社がある、財閥系不動産会社。
オフィスビル、商業施設の建設・運用から
一般向け賃貸まで、扱うジャンルは多岐にわたる。

新《しん》垣《がき》澪《みお》

幽霊が視え、引き寄せやすい体質。
鈍感力が高く、根性もある。
第六リサーチで次郎の下で働く。

長《なが》崎《さき》次《じ》郎《ろう》

吉原グループの御曹司。
現在は第六リサーチの副社長。
頭脳明晰で辛辣だが、
優しいところも。

株式会社第六リサーチ

丸の内のはずれにある吉原不動産の子会社。
第六物件管理部が請け負っていた、
「訳アリ物件」の調査を主たる業務としている。

マメ
幽霊犬。飼い主を慕い成仏出来ずにいたが、澪に救われ、懐く。
溝《みぞ》口《ぐち》 晃《こう》
超優秀なSE。本社と第六リサーチの仕事を兼務している。霊感ゼロの心霊マニア。
高《たか》木《ぎ》正《まさ》文《ふみ》
本社の第一物件管理部主任。次郎の幼なじみ。容姿端麗、紳士的なエリートで霊感が強いが、幽霊は苦手。
伊《い》原《はら》 充《みつる》
第六リサーチに案件を持ち込んでくる軽いノリの謎多きエージェント。
リアム・ウェズリー
英国の世界的ホテルチェーンの御曹司。完璧な美貌のスーパーセレブだが少々変わり者。第六リサーチにときどき出入りしている。

イラスト/カズアキ

有名牛丼店のカウンターで牛丼並盛りを前に、沙良《さら》は大きな目をキラキラさせ、「わあ、いい香りですね」と言った。

店員がチラリと視線を向け、その姿を見て硬直する。

もっとも混み合うランチ時、機械さながらの完璧《かんぺき》な効率で手を動かす店員がたっぷりと数秒固まる様子を見て、澪《みお》は心の中で、わかる、と同意していた。

近年、こういったいわゆる牛丼チェーン店に対する〝サラリーマンの男性が素早く食事を済ませる場所〟というイメージはだいぶ払拭《ふっしょく》され、女性客の姿も増えた。

しかし、それでも沙良は圧倒的に浮いている。

高級な白いスーツにヒールのパンプスを履きこなし、一筋たりとも乱れのない巻き髪を揺らしながら上品に微笑む様子は、溶け込める場所の方がむしろ少ないのかもしれない。

「一度も食べたことないんだ？　大学生の頃も？」

「ええ。大学の友人はいろいろな店に連れて行ってくれましたが、牛丼は初めてです。なので、憧《あこが》れていました」

「……そうなんだ」

沙良は嬉《うれ》しそうに目を細め、いただきますと呟《つぶや》く。

仕事で疲れ果てた日に高確率でテイクアウトしている澪としては、そんな沙良の反応が新鮮で、素直に可愛いと思った。

ただ、同時に、心の中には複雑な思いが広がっている。

澪は沙良に気付かれないよう、そっと溜《た》め息をついた。


晃《こう》がオフィスの前に仕掛けていたカメラに沙良らしき姿が映っていたのは、つい一週間前のこと。

後ろ姿の、しかも足元だけしか映っていなかったけれど、それこそ牛丼店の店員が固まってしまう程に異彩を放つ出立《いでた》ちから、沙良であることを疑う余地はなかった。

あの瞬間、沙良や目黒《めぐろ》が黒幕に関与している可能性が急浮上した。

それを機に、以前エレベーターに仕掛けられた民芸品も沙良の仕業だったのではないかと、――東海林《しょうじ》の結界を簡単に突破できた理由もそうであれば説明がつくと、沙良への疑惑はみるみる固まっていった。

沙良を心から可愛がっていた澪が、酷《ひど》く動揺したのは言うまでもない。

次郎からは、これまで通り自然に振る舞うようにと念を押されたものの、そんなことができる程、澪は器用ではなかった。

結果、確実にボロが出ると踏まれたのか、澪は次郎《じろう》によって、オフィスに出勤せずにリモートで事務作業をするようにと自宅待機の指示が出された。

自分のふがいなさを恨んだけれど、気持ちを整理するための時間が必要だった澪にとって、ある意味ありがたい指示でもあった。

そのことに関し、沙良には、澪は歌舞伎《かぶき》町のキャバクラ「アクア」の再調査中であるという説明がされた。

アクアの件はすでに解決しているけれど、黒幕にこちらの動向を曖昧《あいまい》にしておきたくて、表向き未解決としている。

だから、沙良に対してもその設定を通し、辻褄《つじつま》を合わせたらしい。

沙良にはすでに解決済みだと報告していたぶん不安もあったけれど、晃からときどき届く連絡によれば、不自然に思われている節はないとのこと。

そういうわけで、澪は一人で自宅に籠《こも》り、沙良のことをただ黙々と考えていた。

どんな気持ちで働いていたのか、どこから嘘だったのか、むしろ全部嘘だったのか、――無意味な人間でいたくないと、一度でいいから自分がいてよかったと思われたいと訴えたあの言葉もすべて演技だったとしたら――。

考えれば考える程、気持ちはどんどん深いところへ沈んでいく。

心から信頼し、力になりたいと思っていただけに、浮上するキッカケはまったく摑《つか》めなかった。

そんなとき、ふいに、沙良から仕事用のパソコンにメールが届く。

送信元に表示された「宮川沙良《みやがわさら》」という名前を見た瞬間、思わず体が硬直した。

しかし、おそるおそる開いたメールに表示されたのは「卓球台がある温泉宿を調べました。澪先輩が落ち着いたら、一緒に選びましょうね」という短い文面と、その下にずらりと並んだURL。

試しに一番上をクリックしてみると、ひなびた温泉宿の情報サイトが表示された。

思い出すのは、調査で訪れた老舗《しにせ》旅館「きた本《もと》」で交わした約束。

浴衣《ゆかた》で卓球をするのが夢だと語った沙良に、今度行こうと答えただけの、ありふれた会話だった。

けれど、あのとき沙良が浮かべた微笑みは、今も澪の心に張り付いている。

それは、驚きと感動が入り交じった、胸が締め付けられるような表情だった。

しかし、今となっては、あれもすべて演技だった可能性が否めない。

そんなことを考えたくはないが、カメラに沙良の姿が映ってしまった以上、沙良に関するすべてを一度フィルターに通す必要があった。

苦しくとも、大切な人たちを守るためにはやらねばならない。

情けないけれど、こんな情緒不安定な状態で出勤していなくてよかったと、澪はしみじみ思った。

「次郎さん、呆《あき》れてるかな……」

ふいに零《こぼ》れるひとり言。

そう口にしたものの、澪には、次郎がいかに澪の心情を慮《おもんぱか》ってくれているか、よくわかっている。リモートの指示はつまり、気持ちを整理する猶予をくれたのだろうという裏の意味も。

「情けないなんて、言ってる場合じゃないよね……」

澪は気持ちを奮い立たせ、メールの返信ボタンをクリックする。けれど、「探してくれてありがとう」と返信画面にひと言打ち込んで以降、次の文章がどうしても続かなかった。

本当はこんな表面を繕った会話なんてしたくないのだと、どうにもならない思いが邪魔をしている。

ことごとく不器用な自分にうんざりしながら、澪はなんの気なしに受信したメールをスクロールした。

しかし、打ち込まれたURLはスクロールしても延々と続いていて、なかなか文末に到達しない。

よくよく見れば、数行ごとに「北関東」や「上信越《じょうしんえつ》」などの見出しが入り、近い順にエリア分けされていた。

最後には、「以下は銭湯ですが、卓球台があります」という項目まである。

「信用させるために、ここまでする……？」

声は、少し震えていた。

ぎると。

沙良が〝素直な後輩〟をこうも完璧に演じられるのだとしたら、あまりにも怖ろしす

一方、心の片隅では、それと矛盾するジレンマが、――このメールを素直に受け取りたいという本音が燻《くすぶ》っている。

自分の甘さはよくわかっているし、希望的観測が身を滅ぼすことも十分理解しているのに、それでも、澪には一縷《いちる》の望みをどうしても捨てることができなかった。

結局、澪は沙良からのメールの返信にお礼を綴《つづ》った後、「温泉楽しみにしてるね」と締め括《くく》って送信し、パソコンを閉じる。

それから、携帯を手に取り次郎にメッセージを送った。

内容は、「もう大丈夫なので明日《あした》から出勤します」という一文。

そのときの澪の頭を占めていたのは、こんなに考えてしまうくらいなら、いっそ自分自身できちんと見極めようという決意。

沙良に会うのが怖いことに変わりはないし、すべてから目を逸《そ》らしてしまいたいくらいの投げやりな気持ちもあるけれど、思い出ひとつひとつをいちいち疑って苦しむくらいなら、いっそ信じてひと思いに傷付いた方がマシだと思えた。

いずれにしろ、部屋に一人で籠っていても真実は永遠にわからない。

変に腹が据わった瞬間、携帯が次郎からの返信を知らせた。

書かれていたのは、「了解」というひと言。いつもと変わらない短い返事が、不思議

と澪の気持ちを落ち着かせた。

翌日、不安を抑えて出勤した澪を迎えたのは、沙良の笑顔。

沙良は澪の姿を見るやいなや、デスクから立ち上がった。

「澪先輩、大変でしたね……。アクアは再調査と聞きましたが、大丈夫ですか……？」

「うん、ありがとう。再調査って言ってもまだ異変の原因が全然わからないから、しばらくカメラを回しっぱなしにすることになって。だから、なにか映るまではすることないし、心配ないよ」

昨晩のうちに次郎や晃と擦り合わせておいた設定を口にすると、沙良はほっと息をつく。

澪もまた、思ったよりも落ち着いて話せたことに安堵《あんど》していた。

とはいえ、きちんと動揺を隠せているかどうかは、正直あまり自信がなかった。

本音を言えば晃にもいてほしかったけれど、晃が朝から出勤することはほとんどなく、普段と違うことはできるだけ避けなければならない。

澪はボロを出さないようにとすぐにデスクに座り、パソコンを開いた。

ただ、自然に振る舞うことを意識しすぎるあまり、それ以降は時間が経つのが異様に長く感じられた。

心を決めて出勤したはずなのに、背後から感じる沙良の気配にどうしても平常心を乱されてしまう。

澪はなかなか針が進まない時計を何度も見ながら途方に暮れる。

すると、そのとき。

「あの」

ふいに声をかけられ、思わず肩がビクッと跳ねた。過剰に反応しすぎてしまったことに焦りつつも振り返ると、沙良は小さく首を傾げる。

しかし、すぐに華やかな笑みを浮かべ、思いもよらない言葉を口にした。

「澪先輩、ひとつ、叶《かな》えていただきたいお願いがあるのですが――」


そういう経緯で、二人がやってきたのが牛丼店。

沙良のお願いとは、「牛丼店に行き、カウンターで食べてみたい」というもの。

拍子抜けだったけれど、お陰で肩の力がすっかり抜け、今に至る。

沙良は美しい所作で牛丼を口に運び、ひと口ごとに満足そうなため息を漏らす。

普通に考えると大袈裟《おおげさ》だが、これが自然な反応であることは、今さら疑うまでもない。

多くの人にとって当たり前のことが、沙良にとっては「憧れ《あこが》」や「夢」となる。

澪はそんな姿をこっそり眺めながら、心が勝手に癒《いや》されていく感覚を覚えていた。

もちろん、流されないようにという緊張感はしっかりと持っているつもりだった。

けれど、一緒に過ごす程に、すべて勘違いであればいいのにと、せめて沙良の意思ではなく、ただ操られているだけであってほしいという望みがどんどん強くなって止められない。

澪は勝手に込み上げてくる希望を心の奥に押し流すかのように、グラスを手に取り水を一気に呷《あお》った。

しかし思わずむせてしまい、驚いた沙良が澪の背中を摩《さす》る。

「ご、ごめん……」

「大丈夫ですか……？　澪先輩は少しお疲れのように見えますから、もっとお肉を食べてください」

「うん、ありがとう」

その言葉を聞いた瞬間、ふと、沙良が牛丼を選んだ理由を察した。憧れていたと話していたけれど、沙良はこういうさりげない気遣いが本当に上手《うま》い。

これを素直に受け取れたならどんなにいいだろうと思いながら、澪はふたたび牛丼を口に運ぶ。

すると、沙良が唐突に箸《はし》を置き、携帯を取り出した。

「澪先輩、見ていただきたいものが」

そう言って澪の正面に差し出したのは、豪華絢爛《けんらん》な皿に盛られた、不恰好《ぶかっこう》な白い塊の写真。

表面にはボコボコといくつもの突起があり、真ん中にはなにやら赤い液が飛び散っている。一瞬物騒な想像をして身構えたけれど、そんな澪の反応を見て、沙良が小さく笑った。

「やはり、不気味でしょうか」

「これ、なに……?」

「ケーキです」

「……は?」

「誕生日ケーキです」

ポカンとする澪を見て、沙良がふたたび笑う。

沙良は画像を拡大させながら、さらに説明を続けた。

「目黒の誕生日でしたので、生まれて初めてサプライズというものをしてみたくなり、自分でケーキを作ってみました。作り方はネットで調べ、外観は以前父のパーティで見た、薔薇《ばら》の形のクリームが飾られたものを想像しながら作ったのですが、思うようにいかず……。最終手段として赤いソースで直接薔薇を描いてしまおうと思ったのですが、このような仕上がりに」

「……目黒さんは、なんて」

「とても前衛的だと」

「………」

「笑ってくださって大丈夫ですよ」

許可をもらわなくとも、とても堪えられなかった。

笑い声を上げると、沙良が嬉《うれ》しそうに目を細める。同時に、心の中を埋め尽くしていた重い感情がスッと晴れていくような心地を覚えた。

「……面白いよね。沙良ちゃんも、目黒さんも」

「計画段階では、笑わせるつもりではなかったのですが」

「でも、すごく試行錯誤した感じは伝わる」

「澪先輩がそう言ってくださるのなら、失敗ではないですね」

「沙良ちゃん……」

やっぱり信じようと、ふいに、そう思った。

たとえ酷《ひど》く裏切られる結末が待っていたとしても、その瞬間まではこの優しさを信じていたいと。

こんな局面なのに、むしろこんな局面だからか、沙良から次々と向けられるさりげない思いやりが余計に心に沁《し》み、もはや、斜《はす》に構えて予防線を張る方が澪にとってはよほどストレスだった。

やはり自分は単純なことしかできないのだと、澪はまるで言い訳をするように心の中でそう唱える。

「沙良ちゃん、……なんか私、元気出た」

声も、いくぶんスッキリしていた。

沙良はほっとしたように頷《うなず》く。

澪は微笑み返しながら、これが嘘でも構わないと、すべての結末を受け入れる覚悟を決めた。

「私、沙良ちゃんは操られているだけだと思います。……そう、信じることにします」

昼過ぎ、沙良が席を外している隙を見計らって次郎と晃にそう報告すると、二人はそれぞれ複雑そうな表情を浮かべた。

もちろん、想定内の反応だった。むしろ、これからいろいろと苦言を呈される予想もしている。――しかし。

「わかった」

あっさりとそう言い放ったのは、次郎。まさか了承されるとは思わず、澪は逆に動揺した。

すると、晃が慌てて言葉を挟む。

「いや、いいの？　操られてようが自主的だろうが、宮川さんが黒幕サイドだってことはほぼ確定なんだし、あの子の背後にあるとんでもなく巨大なバックがどこまで関係してるかもわからないのに」

晃の言う巨大なバックとは、沙良の父親を指す。

沙良の希望により、その素性は澪たちに明かされていないけれど、政財界の大物であるという事実だけは判明している。

ただ、「政財界の大物」というワードだけでも、澪たちが身構えるには十分すぎる迫力があった。

そんな人物が黒幕サイドだなんて考えたくもないが、残念ながら、きた本の次期社長となる津久井《つくい》の動向調査の件で、嘘の報告をしてきた目黒の関与がすでに確定している。

目黒は沙良のお目付役であり、雇い主は事実上沙良の父親。繋《つな》がりがないと考える方がむしろ不自然だった。

つまり、今後の調査は、これまで以上に慎重に進める必要がある。

そんな中、信じる信じないの話を始めた澪の甘さを、晃はいずれ自分たちの隙になり得るのではと危惧《きぐ》しているのだろう。

どう考えてもそれが正しい意見だと、澪にもわかっていた。

しかし、晃の言い分を聞いてもなお、次郎が発言を撤回する様子はない。

「それを調査の前提にしたいっていう話じゃないなら、お前がどういうスタンスで進めようが別に自由だ。ただ――」

珍しく言い淀《よど》んだその言葉の先は、聞くまでもなかった。

澪は続きを待たずに深く頷く。

「大丈夫です。どんな結末だったとしても、受け入れる覚悟はできてます。だから、出勤しました」

そう言うと、晃が大袈裟《おおげさ》に肩をすくめた。

「いや、そんなかっこいいこと言うけどさ……。あまり見たくないんだよ、澪ちゃんみたいにまっすぐすぎる子が傷付くところ……」

「結果によっては立ち直れないくらい傷付くと思う。ごめん」

「ってか、まずはまっすぐすぎるってところを謙遜《けんそん》して」

さっきの焦った様子から一転、苦笑いを浮かべる晃を見ながら、また空気を読ませてしまったらしいと澪は思う。

ただ、この決意と覚悟とありのままの不安を二人に伝えることは、澪にとって、とても重要だった。

黒幕を追うと決めた以上、澪はこれから先、沙良のことをはるかに上回るくらいの衝撃的な出来事に直面する可能性も十分にある。

そんなことになれば、今度こそ、なにかに摑《つか》まらなければ立っていられないくらいに打ちのめされるかもしれない。

そんな最悪な未来を見越した上で、澪はもう自分の弱さを誤魔化すことなく、いざというときには第六の皆に摑まりたいと思っていた。

数々のことを一緒に乗り越えてきた仲間にならば、自分がどんな醜態を晒《さら》しても、安心して委《ゆだ》ねられると。

そうでなければ、沙良を信じるという宣言なんてとてもできない。

「とにかく、一人で暴走するなよ。……もはや何百回言ってきたかわからないが」

次郎がそう言い、わずかに瞳《ひとみ》を揺らす。

澪は深く頷きながら、――ふと、一哉《かずや》の行方を追っていたときの次郎もこんな気持ちだったのだろうかと、密《ひそ》かに考えていた。

同時に、残酷な結末を迎えた次郎が、今以上に頼りなかった自分にほんの一瞬見せてくれた弱さを思い出し、心がぎゅっと震えた。

第一章

沙良を信じると決めてから、澪はある意味腹が据わっていた。

もっとも不安だった沙良に対する自然な振る舞いも、信じてさえいれば、特別難しいことはない。

澪の思いはそれくらい揺るぎなく、沙良も被害者なのだと、沙良を操る黒幕から一刻も早く解放してあげなければならないと、ただただ純粋にそう思っていた。

そんなある日。

仕事を終えてオフィスを出た澪は、エレベーターに乗り、ぼんやりと黒幕のことを考えていた。

というのも、黒幕の恐ろしさをリアルに意識しはじめた今、澪の中には重要な疑問が生まれている。

それは、いずれ黒幕に行き着いたとして、もしそれが仁明《にんみょう》だった場合、悪事を止めさせることなど可能なのだろうかというもの。

散々人を騙《だま》し、たくさんの命を奪ってきた仁明を前にして、説得が叶《かな》うなんてさすがの澪も思ってはいない。

しかし、だとすれば他にどんな方法があるのか、澪には想像もつかなかった。

「霊能力も、霊みたいに封印できたらいいのに……」

つい零《こぼ》れたひとり言。

正確には、ひとり言のつもりだった。

すでにエレベーターが一階に到着していることに気付いたのは、開いた扉の前に立つ高木《たかぎ》と目が合った瞬間のこと。

「あれ……、高木さん……？」

ポカンと見上げると、高木はやれやれといった様子で笑った。

「ここしばらく、澪ちゃんがずいぶん考えごとにふけってるって噂、本当だったみたいだね」

「え、……いや、そんな大袈裟なものでは……」

噂と言っても、そんなことをわざわざ高木に伝える人間など晃以外にいない。

澪は心の中で晃への文句を呟《つぶや》きながら、高木と入れ替わりにエレベーターから出る。

そして、ふと高木の方を振り返った。

「というか、高木さんはどうしてこんな時間に……？　まさか、なにか事件があったとか……」

考えてみれば、高木が定時外に第六を訪れることは滅多にない。

つい嫌な想像をしてしまった澪に、高木は慌てて首を横に振った。

「いやいや、全然。ただ、きた本の調査以降は立て続けに不穏なことがあったし、皆どうしてるか気になって。……でも、ちょっと遅かったみたいだね。澪ちゃんはもう帰るところでしょ？」

なにかを隠しているとは思えないその表情に、ふっと緊張が緩む。

澪は、ふたたびエレベーターの中に戻った。

「……どうしたの？　忘れ物？」

「いえ。せっかく高木さんが来てくれたんだから、私も一緒にオフィスに行きます。どうせ早く帰ってもすることないですし」

「そういうわけには……、って言いたいところだけど」

「……けど？」

「気になるひとり言を聞いちゃったしな。……で、誰の霊能力を封印したいの？」

「…………」

「ま、聞くまでもないか」

やはり聞かれていたかと、澪は動揺した。

高木に聞かれて困るような内容ではないが、改めて考えてみればあまりに幼稚な発想だった気がして、単純に恥ずかしかった。

しかし、高木にからかっているような様子はなく、突如、エレベーターの五階のボタンを押す。

「え、高木さん……？」

「それって意外と名案なんじゃないかなって。折角だから聞いてみようよ、東海林さんに」

「で、でも、いらっしゃるかどうか……」

「大丈夫、五階の窓から少し灯りが漏れてたから」

高木の素早い行動に、澪は少し戸惑っていた。

しかし、エレベーターはすぐに五階に到着し、ガコンと大きな音を響かせて扉を開く。

高木は廊下に出ると、澪に手招きした。その表情は、いつも通りのようで、どこかぎこちない。

澪はふと、高木は澪が思うよりもずっと焦っているのかもしれないと思った。

晃と話したのなら、おそらく、アクアや次郎が担当した調査で出てきた怪しい藁人形《わらにんぎょう》のことも聞いているだろう。

沙良の件の衝撃が大きすぎてすっかり霞《かす》んでしまっていたが、あのときの藁人形は、霊能力者の関わりがあることを、――つまり、どちらも人為的に作られた心霊現象であったことを確定させた。

あれを目にした瞬間、澪は自分たちを取り巻く得体の知れない圧力を感じたし、誰かの手の上で踊らされているような不安に全身から血の気が引いた。

高木はその場にいなかったけれど、だからこそ逆に整理された情報を一気に耳にすることになり、居ても立ってもいられない気持ちで第六を訪ねたのかもしれない。

　そんな高木の様子から、澪は、自分たちが置かれている状況の危うさを改めて自覚した。

　途端に、どんなに小さな可能性にでも当たってみるべきだと思え、澪は廊下に足を踏み出す。

　東海林の部屋のインターフォンを押すと、すぐに戸が開き、東海林の穏やかな笑みに迎えられた。

「やあ、いらっしゃい」

「こんな時間に申し訳ありません。実は相談がありまして」

「ええ、大丈夫ですよ。ちょうど休憩しようと思っていたところです。散らかっていますが、中へどうぞ」

「ありがとうございます。お邪魔します」

　高木は丁寧にお礼を言って頭を下げ、エントランスに入る。しかし。

「わぁっ……！」

　目の前に置かれた虎のオブジェを目にし、大声を上げた。

「あ……、そういえば、高木さんは東海林さんの部屋に来るの初めてでしたっけ」

　澪はもうすっかり見慣れてしまったけれど、東海林の部屋には動物を象《かたど》った巨大な折り紙作品が数えきれない程に飾ってある。

「えっ……、あ……、そういえば、東海林さんのご趣味が折り紙だって話、前に聞いたね……。ただ、こんなにリアルだなんて想像してなかったから、驚いたな……」

「次の部屋はもっとすごいですよ」

澪がそう言うと、高木はおそるおそる足を進め、大部屋を覗《のぞ》き込んで感嘆の息を零した。

後に続いた澪は、相変わらず壮大な折り紙作品のジオラマを眺めながら、ふと、部屋の端に置かれた作りかけの作品に目を留める。

まだ形にはなっていないけれど、色は白黒でかなり大きい。

「またずいぶん大掛かりな作品を作られてるんですね……」

「ええ。ジャイアントパンダを」

「あ、だから白黒なんだ……。そういえば、少し前、佳代《かよ》ちゃんとパンダを見に中国まで行かれてましたよね」

「ええ。ただ、彼女の願いごとには少し変化があったようで」

「変化……？」

「……まあ、その話はまたいずれ。なにやら切羽詰まったご相談があるようですし」

そう言われ、すっかりジオラマに圧倒されていた高木はハッと我に返った。

「は、はい。実は、彼女が考えた仮説が可能なのかどうかを聞いてみたくて」

「仮説、ですか」

東海林は聞き返しながら、澪たちを奥のテーブルへ案内する。

高木は椅子に腰を下ろすと、視線で澪に説明を促した。

「あ……、えっと、ただの思いつきなんですけど……、人が持つ霊能力を封印することって可能なのかなって」

澪はついさっき思いついたばかりの案をたどたどしく口にしながら、東海林を見つめる。

すると、東海林は「なるほど」とひと言口にした後、しばらく黙り込んだ。

東海林の表情からはなにも読み取ることができず、澪たちは固唾《かたず》を呑《の》んでその答えを待つ。そして。

「――結論から言えば、不可能ではありません」

東海林の言葉が静かな部屋に響いた瞬間、澪の心臓がドクンと大きな鼓動を打った。

「難しい、という意味ですか？」

即座に高木が質問を重ねる。

「可能」ではなく、「不可能ではない」という言い回しが気になったのだろう。その二つは似ているようで、ニュアンスが大きく異なる。

すると、東海林は首をどちらにも振らず、ただ小さく瞳《ひとみ》を揺らした。

「どちらかと言えば、理論上は可能である、と受け取っていただければ。というのも、過去にどこぞの能力者がそのようなことをしたという事例を、私は知りません」

「なるほど……。ちなみに、その方法って……」

さらに質問を重ねたのは、澪。可能だと聞いた途端、はやる気持ちを抑えられなかった。

しかし、東海林は困ったように眉《まゆ》を顰《ひそ》める。

「方法はともかく、それを叶《かな》えるには必要な条件があります。まず、封印する側の霊能力が、される側よりも上回っていなければなりません」

それを聞いた瞬間、澪は、東海林が浮かべる微妙な表情の理由を察した。

おそらく、澪の言う霊能力者が仁明であることを察した上での反応なのだろうと。

仁明の霊能力の全貌《ぜんぼう》は、とても計り知れない。ただ、素人目に見ても、数々の霊能力者と一線を画すものであることは想像に難くない。

澪の心は、たちまち絶望に埋め尽くされた。

しかし、そのときふと思い出したのは、東海林が口にした「不可能ではない」という表現。

その言い回しが、今度は逆に希望となった。

視線を上げると、東海林は穏やかに微笑む。

「力とは、悪いことに利用すれば実際以上に脅威に映るものです。素人相手にひけらかしているのですから、なおさら。もちろん、仁明の血脈については長崎《ながさき》くんから聞いていますし、その力を侮ることはできませんが……、それを加味しても、おそらく私でお役に立てるかと。ですから、いずれ仁明が姿を現すようなことがあれば、ひとまず私にご相談ください」

「東海林さん……」

それは、これ以上ないくらいに心強い言葉だった。

ただ、一方で、澪の心には複雑な気持ちも生まれていた。

話を聞く限り、澪の思い付きを叶えるためには、どう考えても東海林に頼る以外の方法はない。

しかし、澪の頭を過《よぎ》っていたのは、佳代の魂を取り込んだ悪霊と対峙《たいじ》したときに見た、東海林の満身創痍《まんしんそうい》な姿。普段はまったく疲れを見せない東海林が、あの後はしばらくぐったりしていた。

澪はあのとき、霊能力というものは、体にも精神にも大きな負担がかかるのだと察した。

だからこそ、高齢かつ病気に冒されている東海林にばかり負担をかけてしまうのは、気が進まない。

すると、そのとき。

「澪さん、余計なことは考えないでくださいね」

まるで心を読まれているかのようなひと言に、澪は驚いて顔を上げた。

「え……？」

「いずれにしろ、そんな破戒僧を放っておくわけにはいきませんから。それに、私が佳代の元へ行くまでに、すべての心残りをなくしてしまいたいですし。……つまり、私の個人的な希望でもあります」

この期に及んで気を遣わせまいとする東海林に、胸がぎゅっと締め付けられる。

「……ありがとう、ございます」

この思いをどう表現すればいいかわからず、そのときの澪には、お礼を口にするのが精一杯だった。


「相手が仁明となると、やっぱり東海林さんの力に頼る以外の方法はないんでしょうか……」

東海林の部屋を後にした澪は、廊下を歩きながらそう呟《つぶや》いた。

「霊能力の強さが要になるなんて言われるとね……。そればっかりは、俺らの努力でどうにかなるものじゃないし……」

高木は溜《た》め息をつき、エレベーターのボタンを押す。

遠くでガコンと音が響き、間もなく目の前で扉が開いた。

「少し遅くなったけど、澪ちゃんはどうする？　今日は帰る？」

「いえ、オフィスに戻ります。東海林さんから聞いた話を報告したいですし。……沙良ちゃんがいない時間じゃないと、できないから」

「そっか。……わかった」

高木が十階を押すと、エレベーターは大きく振動しながら上へ向かう。

上昇でかかる重力に、ただでさえ重い心がさらに押しつぶされた。

そのとき。

「――霊能力を封印、か」

エレベーターの停止とともに響いたのは、高木の意味深な呟き。

澪は思わず顔を上げる。

「高木さん……？」

「いや、……なんか急に昔のことを思い出して。昔、俺を強引に連れ戻そうとした祖父が……、って、澪ちゃんも会ったよね、白砂《しろすな》神社の神主」

「高橋達治《たかはしたつじ》さん、ですよね」

「そう。彼が大昔、封印の話をしてた気がして……。当時はただ気味が悪くて、まともに聞いてなかったけど、……なんだっけな」

「そんなことが……」

高橋達治といえば仁明の兄であり、事実上は高木の祖父。

この話題になるとどうしても高木の心情が気がかりで、澪はつい反応に慎重になってしまう。

高木もそれを自覚しているのか、エレベーターのドアが開いた瞬間に、小さく笑った。

「まあ、いいか。……さ、行こう」

「……はい」

廊下を歩きながら、澪は、わずかな息苦しさを覚える。

改めて、黒幕を追うことの辛《つら》さを痛感していた。

思えば、黒幕の正体としてもっとも有力な仁明の存在が第六の周囲にチラつきはじめてからというもの、不安や恐怖が膨らむだけではなく、身近な人に疑念を持ったり、辛い過去を思い出させたりと、心を抉《えぐ》られるようなことばかりが起こっている。

覚悟はしていたものの、ときどきやりきれない気持ちになった。

ただ、足を踏み入れた以上後戻りはできず、積もりに積もった鬱屈《うっくつ》を解消する方法は、不透明な道をただただ先に進むこと以外にない。

急がなければならないと、澪は改めて思う。

このまま、心が壊れてしまう前に、と。

「……マメ」

どうにもできない心許《こころもと》なさを埋めたくて、なかば無意識に名を呼ぶと、マメはすぐに姿を現し澪の両腕の中に収まる。

澪はその首元に頬を寄せ、心をゆっくりと落ち着かせた。

オフィスに戻るやいなや視界に飛び込んできたのは、妙な機械を手に執務室をウロウロする晃の姿。

晃は、なにごとかと見つめる澪たちの視線に気付くと、手元の小さな機械を掲げて見せた。

「あ、これ？　盗聴器用のセンサーだよ。近くに盗聴器があると、ブザーが鳴るの。前にアキバで買ったんだけど、小型なのに性能がよくて、しかも千円」

「盗聴器、って」

「ここは宮川さんが一人になるタイミングが多いから、仕掛けようと思えば簡単だし、一応警戒した方がいいでしょ。これから部長さんと状況をまとめようと思ってたから、会話が筒抜けだと困るしね」

なんでもないことのようにそう言われ、澪は全身の体温がスッと下がるような感覚を覚える。

いちいち過敏に反応すべきでないとわかっているのに、動揺が止められない。

もちろん、理解はしていた。沙良のことを信じると決めたのは澪だけの個人的な意志であり、他の皆は違うのだと。

しかし、頭と心が上手《うま》く繋《つな》がってくれない。

晃は固まってしまった澪に、困ったような笑みを浮かべた。

「ごめんね。一応いつも澪ちゃんがいないタイミングを見計らってるんだけど……」

その申し訳なさそうな表情に、澪は慌てて首を横に振る。

そして、一度大きく深呼吸をし、まっすぐに晃を見つめた。

「晃くん、気を遣わせてごめん……。だけど、お願いだから謝らないで。……私、ちゃんと、わかってるから」

「わかってることも、わかってるよ。気遣ってるのは、同僚というより仲間？　ってか友人？　として。……それより、せっかく戻ったなら一緒に打ち合わせする？　高木くんもいた方が都合がいいし」

澪はほっと息をつき、頷《うなず》く。そして、このさっぱりとした性格に何度救われてきただろうかと、改めて思った。

そのとき、ずっとパソコンに集中していた次郎が立ち上がり、応接室の方に視線を向ける。

「四人なら、応接室でやるぞ」

「あっ、……はい」

澪が頷くと、次郎はすれ違いざま、澪の腕の中のマメをそっと撫《な》でた。

撫でられたのはマメなのに、次郎が一瞬だけ見せた穏やかな表情に、澪はなんだか自分が労《ねぎら》われたかのような気持ちになった。

「――現時点で明らかになっているのは、目黒がこっちに嘘の報告をしてきたという事実。……つまり、目黒が黒幕サイドである可能性が限りなく高い」

応接室に移動し、次郎は開口一番そう言った。

晃がタブレットにタッチペンで目黒の名前を書き、あらかじめ書かれていた「黒幕(=仁明?)」のところまで点線を引っ張る。

「まあ、普通に考えたらそうなるよね。……で、アクアのオーナーの梶《かじ》さんを伊原《いはら》さんに紹介したのは目黒さんなんでしょ? つまり、目黒さんと梶さんはきっとズブズブだね」

今度は画面に梶の名前が追加され、太い線で目黒と繋げられる。

すると、高木が梶の名前を指差しながら、眉《まゆ》を顰《ひそ》めた。

「……つまり、目黒さんが梶さんを使ってアクアをはじめとした調査依頼を第六に依頼させたって考えるのが自然だね。……人為的に心霊現象を作り出して、第六のオフィスから人払いをするために」

梶の名前から出した矢印が、「第六」と書かれた場所まで伸ばされ、「依頼」と記される。そのとき。

「……てかさ、まさか仲介した伊原さんも一枚噛《か》んでたりしないよね」

ふと、晃がそう口にし、澪の心臓がドクンと揺れた。

そんなはずがないと、反射的に声を上げそうになったけれど、沙良の前例がある以上感情だけで否定するわけにはいかず、澪は言葉を飲み込む。

現に、伊原は目黒や梶と繋がっているだけでなく、沙良の父親とも繋がりがあり、そもそも第六に沙良の入社を斡旋《あっせん》した張本人でもある。そんな伊原が関連を疑われるのはある意味当然だった。

しかし、ふたたび浮上した身近な人間の名前に、澪は目眩《めまい》を覚える。

気持ちがまったく付いていかない中、新たに記された「伊原」の名前の上にはクエスチョンマークが付けられた。しかし。

「伊原は、多分ない」

そう口にしたのは、意外にも次郎。

全員の視線が一気に次郎に集まった。

「なんで？　まさか部長さんの勘とか言わないよね」

「いや、勘だ」

「……冗談でしょ」

晃が大袈裟《おおげさ》にソファに仰反《のけぞ》る。それも無理はなく、この局面で次郎が勘でものを言うなんて、澪にも信じられなかった。

しかし、次郎は表情ひとつ変えずに続きを口にする。

「確かに勘に違いないが、自信はある。あの男は商売相手も交友関係も怪しいぶん、危機管理能力が異常に高い。そもそも成り上がりたいなんていう大層な野望もなく、目的は昔から一貫して金のみ。セレブ界隈《かいわい》を漁場として商売を続けることを、天職だと思っているような男だ。それを一日でも長く続けるために、必要以上に客の秘密に立ち入って地雷を踏むような真似はしないし、不本意に巻き込まれるような下手を打つこともない」

次郎の声からは個人的な感情がいっさい感じられず、庇《かば》うというよりどちらかと言えば貶《けな》していた。

ただ、観察記録を発表するかのように淡々と言われた内容には、確かに思い当たる内容がいくつもある。

澪は密《ひそ》かにほっと息をつき、晃もまた、少し不本意そうではありながらも反論することはなく、タッチペンを弄《もてあそ》びながら眉を顰めた。

「それちょっと説得力あるなぁ……。実際にお金のことばっか言うし、結構いい加減だし。けど、いかにも危なげなお金持ちの間を渡り歩くようなこと、賢く立ち回れなきゃ不可能だもんね」

「あれは、他人から必要以上に信頼されることをあえて避けるために、いい加減な態度を取ってるんだ。あくまで自己防衛のために」

改めて思い返してみれば、伊原がこれまでに、第六に対しても誰か個人に対しても、なにかを探ってくるようなことはなかった。

かといって、とくにドライに見えるわけでもなく、おそらく踏み込むラインが明確に決まっているのだろう。

「ってか、部長さんって意外と伊原さんのこと買ってたんだね」

晃が意外そうにそう呟《つぶや》き、今度は次郎が不本意そうな表情を浮かべた。

「そんな話をしてるわけじゃない。目的がシンプルな奴は行動が一貫してるぶん、普段と違うことを考えたときはすぐに態度に出るだろ。そういう意味で、あくまで今回は、伊原が噛んでるとは考えていない」

「……へぇ。……まぁでも部長さんと伊原さんって付き合いも長いみたいだし、そう言われると、そうかもって思えてくるね。じゃ、伊原さんのとこに付けたクエスチョンマーク、消す？」

晃はタブレットに書いた伊原の名前を指差しながら、次郎に視線を向ける。しかし。

「……それは待とうよ。たとえ噛んでなかったとしても、彼への警戒は必要でしょ。今回の登場人物と誰より広く繋がってることは確かなんだから、悪意なくこっちの状況を漏洩《ろうえい》させてた可能性もあるわけだし」

そう口にしたのは、高木だった。

澪は一瞬ドキッとしたけれど、次郎はさも当たり前のように頷く。

「それは、わかってる。アクアの件も、伊原には梶への報告と同様に、未解決で通してる。……今後も要注意だな」

「ならよかった。……まあ、彼の人脈や情報に頼れないのは、少し残念だけど」

応接室の空気がわずかに重くなった。

三人とも淡々と話しているように見えるが、身近な人間を疑わなければならない状況に少なからず消耗しているのだろう。ただ、全員が同じ気持ちなのだと思うと、少しだけ気持ちを強く持つことができた。しかし。

「まぁ伊原さんはともかく、なにより要注意なのは目黒さんだよね。宮川さんのことを大切にしているように見せて実は利用してるとかだったら、さすがに怖すぎ」

目黒と沙良の話題になり、途端に胸が詰まる。

まさに、晃の言う通りだった。

目黒のことはほとんど知らないけれど、沙良が家族以上の信頼を寄せていることはわかる。

「……目黒さんは、どんな気持ちで沙良ちゃんの傍にいるんでしょうか」

ふと頭に浮かんだまま声に出してしまい、皆の視線が澪に向いた。

澪は戸惑いながらも、視線に促されるまま言葉を続ける。

「私は沙良ちゃんから目黒さんのいろんな話を聞いてきましたけど、いつもすごく嬉《うれ》しそうに話すんです。きっと、目黒さんの傍にいるときが一番安心できるんだろうなって思ってました。だから、もし目黒さんの目的が利用することだけだったなら、……すごく、傷付くだろうなって」

沙良はこれまでの人生で、心に何度も大きな傷を負っている。

もし、目黒からの裏切りに遭ってしまったら、沙良がどれだけ辛《つら》い思いをするか、想像もできない。

しかし、晃はタブレットに書き加えた「宮川」という名前を無意味にぐるぐると囲いながら、言いにくそうに口を開いた。

「……そりゃ、宮川さんがただ操られてるだけだっていう説が正しいなら、そうだけど。……でも、宮川さんも共謀者だって説もあるからさ。目黒さんとのエピソードだって、作られたものかもしれないし」

「それは……、わかってる、けど」

なにも言えなくなり、澪は口を噤《つぐ》む。

そして、ふと、いっそ目黒と共謀関係であった方が沙良の心は守られるのかもしれないと、これまで考えもしなかったことが頭を過《よぎ》った。

その発想は、言うまでもなく、沙良がただ操られているだけだという、澪が信じる説と矛盾している。

感情が混沌《こんとん》としはじめ、澪は頭を抱えた。

すると、次郎が突如晃の手からタブレットを抜き取り、「黒幕」と書かれた箇所を指す。

「とりあえず、その考察については新たな情報を得るまで保留だ。……それより、黒幕の正体について、確証もなくこれまでずっと曖昧《あいまい》にしてきたが、――今後は、仁明であることを前提に進めたいと思う」

仁明の名を聞いた途端、澪の心臓がドクンと跳ね、応接室の空気が一気に緊張を帯びた。

しかし、次郎の口調はあくまで落ち着いていた。

「この間の調査で立て続けに出てきた藁人形《わらにんぎょう》や、それに巻きついていた紙は、一哉の件で仁明を追っていたときには見たことがないものだった。東海林さんに聞いても同じで、ついでに言えば、異常なまでのコレクターだった兄貴の遺品にもデータの中にも似たようなものはなかった。それもあって、黒幕が本当に仁明なのかを決めきれないでいたが……、ただ、桁外《けたはず》れの強い霊能力を持っていなければ、あんな複雑なものは扱えない。……そして、そんな人間はそう多くはいない」

澪はふと、アクアの調査のときに発見した藁人形を思い浮かべる。

あのときは、あまりの不気味さに圧倒されてなにも考えられなかったけれど、今思えば、確かに一哉を捜していた頃には一度も目にしたことがないものだ。

もっと言えば、民芸品を使って木偶《でく》人形を動かすという手段も過去にはなく、むしろ仁明が主に使っていたのは、次郎が使うものとよく似たお札のみ。

「でもさ、こっちが知らないだけで、実はすごい霊能力者が他に存在してる可能性もあるじゃん。いくら少ないっていっても、全員を把握してるわけじゃないでしょ？　仁明が弟子を取った可能性だってあるんだし」

ふいに、晃がそう尋ねる。ごく当然の疑問に思えたけれど、次郎は少し考え、小さく首を横に振った。

「その可能性もゼロじゃないが、限りなく低い。というのも、霊能力の強弱には血脈がおおいに影響する。長くなるから細かい説明は省くが、現存する霊能力者のほとんどは、強力な力を持つ祖先から、遺伝によって代々その力を受け継いでいる。たとえば陰《おん》陽師《みょうじ》の家系もそのひとつだ。……が、非能力者との縁組などにより時代とともに血が薄まり、通常は弱化していく。つまり、現代に残る強力な霊能力者は、家族ぐるみで血が薄まらないよう配慮しながら受け継がれた特別な存在だ。もはや、ほとんど残っていない」

「つまり、そういう家系は現代では超レアで、ある程度存在が割れてるってこと？」

「そうなる。もちろん血が薄まった家系から突然変異的に強い力を持つ者が生まれることはあるが、それでも仁明には遠く及ばないだろう。それも踏まえた上で現代に残る霊能力者の家系を広く調べてみたが、きな臭い人間には行き着かなかった。多少の違和感はあるが、黒幕はやはり仁明以外に考えられない」

「……なるほどね」

晃は納得したのか、ソファにぐったりと背中を預ける。

応接室が静まり返る中、澪は、タブレットに書かれた「黒幕」の文字を見つめながら呆然《ぼうぜん》としていた。

黒幕は仁明であると、それを前提として進めると宣言した次郎の言葉に怯《おび》えていたわけではない。この短期間で次郎が黒幕の候補を調べていたという事実に胸が締め付けられ、ただ苦しかった。

次郎にとって仁明とは、最愛の兄である一哉の仇《かたき》。

悲惨な結末を乗り越え、ようやく前に進みはじめた今、もう二度とその名を聞きたくないと願っていたことだろう。

あっという間に霊能力者の家系を調べたのも、本当は、否定するための証拠がほしかったのかもしれないと澪は思う。

「……まあ、いっそのこと最悪な相手を想定していた方が動きやすいって考え方もあるしね……」

高木の重々しい声が響いた。

次郎はあくまで平然と頷《うなず》き、タブレットから「黒幕」の文字を消すと、「仁明」の名を囲む。

そんな次郎を見ながら、澪の心の中では、やり場のない思いが抑えられない勢いで膨らんでいた。

「……私は……」

考えるより先に声が出て、次郎と視線が合わさる。

しかし、その静かな瞳《ひとみ》を見てもなお、冷静にはなれなかった。

「私は、……もし生きてるなら絶対に仇を討ちたいって思っていたので……、その前提、逆にやる気が出ます……」

それは、自分でも驚く程の強がりだった。おまけに語尾は弱々しく震え、説得力もない。

途端に張り詰めていた空気が緩み、三人ともがポカンと澪を見つめた。

「……仇討ちすんの？」

晃からの緊張感のない問いかけで途端に冷静になったものの、もはや後には引けなかった。

「……するよ」

「……するんだ」

「するって！」

恥ずかしくなって大声を出すと、晃が楽しそうに笑う。そして。

「澪」

ふいに次郎から名を呼ばれ、澪はビクッと肩を揺らした。居たたまれなさから顔を上げられず、澪は俯《うつむ》いたまま頷く。

しかし。

「俺も、少し似たようなことを考えてる」

「……は？」

物騒なことを考えるなと注意されると思っていたのに、まさかの言葉に驚いたのは澪だけではなかった。

晃は硬直し、高木は目を見開く。

すると、次郎はやれやれといった様子で肩をすくめた。

「……そう警戒しなくても、一哉が望まないようなことをする気はない。……こっちサイドの人間は誰一人、なにひとつ失わないまますべてを終える。それは最低条件だ」

「次郎さん……」

「だから、お前もあまり一哉を困らせるな」

「わ、わかり、……ました」

応接室に、いつもの打ち合わせにはない空気が流れていた。

誰もなにも言わない中、ふいに次郎が立ち上がる。

「……今日はとりあえずここまでだな。高木、俺はもう少し残るから、悪いが澪を送ってくれ。予定より遅くなった」

「あ、うん……もちろん」

次郎が出て行った後、三人は呆然と顔を見合わせる。

「……部長さんってああいう人だったっけ」

晃の気の抜けた呟《つぶや》きが、すべてだった。

「――澪ちゃんには何度か言ったけどさ。本当に人間らしくなったよね、次郎って」

帰り道、高木は澪を車で送ってくれながら、そう呟いた。

ちゃっかり便乗した晃が、後部シートから身を乗り出す。

「シンプルに、口数が多くなったと思う。思ってることをそのまま言うようになったっていうか」

確かに、次郎が仮にも打ち合わせ中に、皆の前で心情に偏った発言をすることは、過去を思い返してもほとんどなかった。

「俺はやっぱり澪ちゃんの影響だと思うよ」

ルームミラー越しに高木と目が合い、澪はなんだか居たたまれずに俯く。

すると、晃がさも楽しげに澪の肩を小突いた。

「それはもう、絶対そうでしょ。澪ちゃんってたびたび想定外な発言をするし、それに対応するために部長さんの無機的だった心が徐々に開発されたんだよ」

「ちょっと、変な言い方しないで」

どうせ最終的にはこうやってからかわれるのだろうと、晃が同乗した時点でこの流れを予想していた澪は、無駄に煽《あお》らないよう短く答える。

しかし。

「でもさ。部長さん、澪ちゃんのお陰で気持ちが固まったと思うよ」

思いの外、穏やかな口調でそう言われ、ふいに心が締め付けられた。

「次郎さんの気持ちが……？」

「うん。嬉《うれ》しかったんじゃない？　澪ちゃんがどんな思いであの言葉を言ったか、僕にだってわかるし」

「……そんな、ことは」

「まあ、澪ちゃんって本当に無茶ばっかするから、牽制《けんせい》する目的もあったんだろうけど。でも、本来はああいう場で、サラッとあんな優しい言い方できる人じゃないじゃん」

晃の言葉に、運転席の高木が「確かに」と小さく同意した。

そんな反応をされると冗談として流すことができず、澪は口を噤《つぐ》む。

しかし。

「それにしてもさー、仇討ちって言葉選びはちょっと天才だよね。もうサムライじゃん。時代錯誤な男気に溢《あふ》れすぎ」

途端に軽々しい口調に戻った晃が、そう言って笑った。

「もう、蒸し返さないでよ……！」

慌てて晃を睨《にら》んだけれど、真っ赤になった顔ではなんの迫力もなく、晃の笑いを誘うばかりだった。

澪はもう無視することにし、黙って窓の外を向く。

ただ、たとえからかわれようとも、こんな不安な状況の中、こうやって普通に会話ができる仲間がいることは、澪にとってとても大きかった。

そして、――いつかこの空気の中に沙良が加われたらいいのにと、今は口に出せない望みをそっと思い浮かべた。

翌日、珍しく澪より後に出勤してきた沙良は、澪の顔を見るやいなや、申し訳なさそうに頭を下げた。

「申し訳ありません、澪先輩より後に来てしまうなんて」

「いや、まだ始業前だし、先輩より前とか後とかどうでもいいよ……。昭和じゃないんだから」

相変わらずの沙良の様子に、澪は思わず笑う。

沙良はほっと息をつきながらも、やはり少し慌てた様子でバッグからデスクの鍵《かぎ》を取り出した。

鍵に付けられたチャームが揺れ、チリンと鈴の音が響く。

その可愛い音色に思わず視線を向けると、デスクに挿さったままの鍵からぶら下がる、小さなキリンと目が合った。

「……キリン？」

指先で触れると、沙良は小さく頷《うなず》く。

「ええ。動物園で買いました」

「ど、動物園……？」

つい大袈裟《おおげさ》な反応をしてしまった理由は、単純に、意外だったからだ。勝手なイメージではあるが、動物園にいる沙良の姿を、澪には上手《うま》く想像することができなかった。

ついでに言えば、キリンのチャームを愛用していることも少し意外で、澪はついまじまじと見つめる。

すると、沙良は少し恥ずかしそうに視線を落とした。

「私は子供の頃からキリンがとても好きで。……ですが、やはり子供っぽいですよね」

「ち、違う違う！　そういう意味じゃなくて！……ただ、気を悪くしないでほしいんだけど、あまりイメージにはなかったなって……」

「イメージ、ですか」

「……ご、ごめん……、本当に私の勝手なイメージ……」

気に障ることを言ってしまっただろうかと、澪はたじたじになりながら言い訳を並べる。

しかし、沙良はわずかに首をかしげた後、キリンのチャームを手のひらでそっと包み込んだ。

「確かにそうかもしれません。……目黒が連れて行ってくれなかったなら、動物園に行こうなんて発想はまずなかったでしょうから」

突然出てきた目黒の名前に、澪は思わず動揺する。

「目黒さんが……？」

つい目が泳いでしまったけれど、沙良がそれを察した様子はなく、キリンを手にしたまま、過去に思いを馳《は》せるように遠い目をした。

「ええ。ほとんど外出を許されなかった私を目黒が連れ出してくれたのです。父に見付かれば、自分の立場が危うくなることも顧みずに」

「立場が危うくなるって、クビかもってこと？」

「はい。あくまで当時なら、そうだったと思います。とはいえ、彼は賢く慎重な人間ですから、周到にタイミングを見計らっていたようですが。……だとしても、それが危険な選択であったことは確かです」

「そう、なんだ……」

「はい。彼は私に、外の世界を教えてくれました」

ひと言ひと言、丁寧に紡がれる沙良の言葉が、澪の心の奥深くに響いた。

もちろん、今は沙良の言葉をそのまま鵜呑《うの》みにすべきでないとわかっているし、冷静さも失ってはいない。

ただ、沙良が語る目黒のエピソードは、どれも、昨日今日で考え付くような薄っぺらいものには思えなかった。

本当であってほしいと澪は思う。

沙良に罪はないと、ただ目黒に利用されているだけだという考えに矛盾するとわかっていながら、そう思わずにはいられなかった。

伊原が新たな依頼を持ってやってきたのは、その日の夕方のこと。

よりによってこんなタイミングにアポイントすらなかったため、次郎はいつも以上に嫌な顔をしながらも、応接室に通した。

それも無理はなく、沙良に対する疑惑がある今、いつもと違う対応をするわけにはいかないからだ。

同席したのは、澪、晃、沙良。平常通りのメンバーだが、応接室の空気は明らかにいつもより緊張感を帯びていた。

「……アポを取れと言ってるだろ。先に言っておくが、今はくだらない依頼を受ける暇はないからな」

次郎はおそらく断る気なのだろう、座るやいなや伊原を牽制する。――しかし。

「いや、それが、くだらなくないんだ。緊急の追加依頼なの。梶さんからの」

梶の名を聞いた瞬間、澪の心臓がドクンと大きな鼓動を打った。

空気がさらに張り詰める中、口を開いたのは晃。

「なに言ってんの、無理無理。アクアもまだ調査中だって言ってんじゃん」

動揺ひとつ見せず突っぱねる対応力に、澪は密《ひそ》かに感心する。しかし、当然ながら、伊原は引き下がらなかった。

「でも、アクアの方は頓挫《とんざ》してるんでしょ？　現に今もみんながこうしてオフィスに揃ってるわけだしさ。今回の依頼は超急ぎ案件なんだよ。っていうのが、新店オープンを控えて改装工事中の持ちビルで心霊現象が起こってて、目撃した業者の中には恐怖のあまり飛んじゃった人もいて、オープン予定にかなりの遅れが出てるんだって。例によって梶さんはあまり心霊現象を信じてないんだけど、これ以上オープン予定をずらせないから、とにかくなんでもやってみようってことでこっちに依頼をくれたの。解決しようがしまいが二日で終わるから、頼むよ！」

「二日……？」

「そう。今週の土日は梶さんがテレビの仕事で二日間東京を離れるらしくて、土日ならちょうど工事も休みだし、その間に調査してくれって話」

「……おい伊原、週末まではあと三日しか――」

「次郎くん待って、最後まで聞いて！　すごいのは、たとえ解決しなくても調査費はしっかり出るっていう条件なんだ。しかも破格！」

伊原は目を輝かせているが、その依頼はどう考えても不自然だった。

そもそも、アクアの件は表向き未解決であり、心霊現象に懐疑的な梶からの信頼を得られているはずがないのに、どんな事情があろうと追加の依頼があること自体がおかしい。

梶が限定した二日間に解決を、という指定もいかにも怪しく、おまけに未解決でも報酬が出るなんて、もはや裏があると言っているようなものだ。今の澪たちが不審に思わないはずがなかった。

　さすがの晃も怪訝《けげん》な表情を浮かべる。

「それ、過去に類を見ないくらいの身勝手な依頼じゃん」

「同時に、過去に類を見ないくらい効率がいい依頼でもある！」

「お金に目が眩《くら》みすぎじゃない？……いっそすがすがしいくらい粗雑な依頼だし、それをそのまんまここに持ってくるなんて、伊原さんも外道が過ぎるでしょ」

「外道で結構！　そりゃ眩むさ、彼はこれまで付き合ってきたセレブとは金銭感覚がまるで違うんだから。梶さんと繫《つな》がれて本当に幸運だったし、目黒さんには感謝しかないよ。お嬢様、よろしく伝えておいてくださいね！」

　文句を言う晃を他所《よそ》に、伊原は沙良に向けて仰々しく手を合わせる。

　沙良は眉《まゆ》ひとつ動かさず、「伝えます」と言って頷いた。

　そのとき。

「……ねー、梶さんと目黒さんって、どういう知り合いなの？」

　突如、沙良に質問を投げたのは晃。

　今もっとも神経を使うべき話題にあっさりと触れたことに、澪は思わず固まる。しかし。

「目黒の人間関係について私はあまり詳しくありませんが、梶さんとの付き合いは長いようです。確か、ずいぶん前に投資をしたとか」

あっさりとそう答えた沙良から、なにかを誤魔化しているような様子は見て取れなかった。

どうやら過敏になりすぎていたらしいと、澪はほっと胸を撫《な》で下ろす。落ち着いて考えてみれば、晃の問いは、この話の流れの中ではとくに不自然ではない。

「へえ、目黒さんって投資とかするんだ？　資産家？」

「彼の出自については勝手に申し上げられませんが、投資の話は少し意外でしたので覚えていました。普段は慎重ですし、他人の成功に委《ゆだ》ねるようなことはあまりしませんから」

「なるほど。だけどまぁ、結果的に大正解だよね。梶さんって、今や伊原さんみたいなハイエナにたかられるくらいの超有名人だし」

晃の遠慮のない言い草に、伊原はわざとらしく咳払《せきばら》いをする。しかし、反論する間も惜しいとばかりに次郎に携帯の画面を向けた。

おそらく、報酬額が表示されているのだろう。

「とにかく！……その超有名人の梶さんからの依頼は、請けてもらわないと困るんだよ。俺と梶さんとの信頼関係が強くなればなる程第六の将来だって安泰なんだから、これは請けて然《しか》るべき案件でしょ。ってか、どの道たった二日で終わるんだし、この額を提示されて断る理由なんてないよね？」

伊原は必死だが、もちろん報酬額が問題でないことは言うまでもない。澪は密かに、どうやったら伊原が諦《あきら》めてくれるだろうかと考えていた。

しかし。

「……わかった」

次郎が口にしたのは、予想もしなかった言葉。

澪はもちろんのこと、晃すらも明らかに動揺していた。

「え、次郎さん待っ――」

「よかったぁ！　じゃ、詳細は追ってメールするから、頼むね！」

伊原は異議を唱えようとした澪の声に被《かぶ》せるようにそう言い、そそくさと立ち上がって応接室を出ていく。

それは、次郎の気が変わらないうちにという、伊原定番の手法だ。

エントランスの扉が閉まる音が響くと同時に、応接室はしんと静まり返った。

「……請けちゃうんだ？」

最初に口を開いたのは、晃。

もちろん、澪の心の中にも同じ疑問が渦巻いていた。

しかし、次郎は平然と頷《うなず》く。

「たった二日で破格の報酬額、おまけにこっちには人手がある。……断る理由がないだろ」

「…………」

含みのある言い方に、澪も晃も黙り込んだ。

確かに、条件だけで判断するなら今回の依頼に断る理由などない。むしろ、断る理由がないよう逃げ場のない条件を揃えられたようにすら思える。

請けるのはどう考えても危険だが、断れば、沙良は不思議に思うだろう。操られているいないに拘《かかわ》らず、目黒にこのことが伝われば、梶を疑っていることに気付かれてしまうかもしれない。

請ける以外の選択肢なんてないのだと理解した瞬間、喩《たと》えようのない不安に襲われ、澪は震えだした指先をぎゅっと握った。

もしかすると、自分達はもう逃げられない罠《わな》にかかってしまっていて、すでに最悪な結末に向かって進みはじめているのではないかと、嫌な想像がみるみる膨らんで止められない。

一方、晃はさすがというべきか、すっかりいつも通りの様子で天井を仰いだ。

「それにしても条件以外は酷《ひど》い依頼だよねー、工事が入らない日にぶっつけ本番で調査しろってことでしょ？　どうせ事前の撮影もできないんだろうし、なんの準備もできないじゃん」

「そうなるな。その言葉通り、ぶっつけ本番だ」

「……未解決でもやむなし？」

「いや、やれるだけやるさ。どんな心霊現象が起きてるか、興味もある」

次郎がそう言った瞬間、晃の目がかすかに光ったのを澪は見逃さなかった。

二人の間でなにかが通じ合ったようだが、沙良の手前、聞くわけにはいかない。

もどかしい澪を他所《よそ》に、次郎はチラッと時計に目をやり、なにごともなかったかのように立ち上がった。

「とりあえず、伊原からメールが届いたら共有する」

その見事なまでの普段通りな様子に、澪はむしろ戸惑っていた。しかし、ふいに沙良からの視線を感じ、慌てて表情を繕う。

「じゃあ、私たちも戻ろうか……」

「ええ」

かろうじて落ち着いた声が出たものの、あまり見つめられると目が泳いでしまいそうで、澪は逃げるように立ち上がった。

誤魔化すことが致命的に下手な自分には心底うんざりだが、これぱかりは意識してどうにかなるものでもなく、とにかく早く気持ちを落ち着かせようと、澪は足早に執務エリアに向かう。

しかし。

「澪先輩、大丈夫ですか？」

「えっ……？　な、なにが……」

油断した隙に背後から声をかけられ、思わず声が上擦ってしまった。

一瞬肝が冷えたけれど、沙良に訝《いぶか》しむ様子はなく、さりげなく澪の横に並ぶ。

「澪先輩はきっと、アクアの件をきちんと終わらせてから次へ行きたいのでしょう？　出過ぎた意見であることは承知ですが、いくら好条件だといいましても、たった二日の調査でなにがわかるのだろうと私も思います。そんな中で今回も未解決となれば、梶さんからの信用はもはや壊滅的でしょうし、第六をとても大切に思われている澪先輩からすれば、ご不安ですよね……」

沙良は、ゆっくりと言葉を選びながらそう話した。

「沙良ちゃん……」

途端に、焦りや恐怖で混沌《こんとん》としていた気持ちがふっと緩む。

言うまでもなく、沙良の心配はすべて杞憂《きゆう》だった。アクアを未解決としているのは偽装であり、いくら金に目が眩んでいたとしても、伊原が第六の、むしろ伊原自身の将来にリスクをきたすような依頼を持ってくるはずがない。

ただ、不安そうな澪に気付いて一生懸命心情を慮《おもんぱか》ってくれた沙良の思いに、嬉《うれ》しさと本当のことを言えないもどかしさとが入り交じり、心が疼《うず》いた。

自分の単純さはよくわかっているけれど、これを素直に受け取れないのなら信じると宣言した意味なんてないと、澪は足を止めて沙良をまっすぐに見つめる。

「……大丈夫だよ」

自然と、笑みが零《こぼ》れた。

沙良はそんな澪を見て、ゆっくりと瞬きをする。そして。

「……では、これを」

澪の手を取り、なにかを握らせた。

手のひらを開くと、ちょこんと載っていたのは、キリンのキーチャーム。今朝見た、沙良がデスクの鍵《かぎ》に付けていたものだ。

澪が首を傾げると、沙良は穏やかに笑う。

「私にとってキリンはお守りです。今回のようなイレギュラーな調査に私の同行は許可されないでしょうから、代わりにこれを託します」

「だけどこれ、大切なものなんじゃ……」

「だからこそです。どうかご無理だけはなさらないでください」

「……ありがとう」

そっと握ると、チリンと鈴の音が響いた。

そのとき、応接室から最後に出てきた晃が、追い抜きざまに澪の肩をぽんと叩《たた》く。

「澪ちゃんの暴走癖には、そのキリンじゃ荷が重すぎるよ」

「晃くん……！」

いつも通りの皮肉なのに、こころなしか声が優しい。

澪はキリンを大切にポケットに仕舞い、執務エリアに戻った。

その日の夜。

澪たちは退社後、吉原《よしはら》不動産本社ビルの地下にある、元第六物件管理部のオフィスに集まっていた。

この場を設けたのは次郎。伊原が帰った後に程なくして「退社後そのまま元第六へ集合」という旨のメッセージが届いた。

目的は、伊原からの案件の打ち合わせに他ならない。

簡潔な文面の中には「地下駐車場に着いたら高木に連絡するように」という指示があり、澪は吉原不動産に着くと正面入口を素通りして駐車場に続くスロープを下り、扉の前で高木に連絡して鍵を開けてもらった。

まるで不法侵入するかのような緊張感があったけれど、澪の立ち入り申請は高木によって提出されている。

そんな面倒なことをしてまでわざわざ元第六のオフィスを選んだのは、吉原不動産の完璧《かんぺき》なセキュリティを信頼してのことだという。

例の逮捕騒ぎ以来、本社ビルのセキュリティは社員から煩わしいと苦情がくる程に強化されたらしい。

つまり、今日の議題は、間違っても他には漏らせないもっとも慎重に話すべき内容であることを意味する。

それがわかっていたからこそ、澪はオフィスを出てからずっと緊張していた。

しかし、いざ元第六のオフィスの扉を開けてみると、最初に覚えたのは懐かしさ。もうオフィスだった頃の名残はほとんどないのに、それでも、地下特有の閉塞感《へいそくかん》や匂いや床の感触までもが、かつての日々を思い出させた。

ぼんやり立ち尽くす澪を見て、先に到着していた晃が笑い声を零す。

「もしかして、思い出に浸ってる？　まぁ澪ちゃんは完全に子会社所属だから、この中じゃ一番来る機会がないしね」

「……晃くんだって、地下には来ないでしょ？」

「来るよ。シス管のオフィスってすごく贅沢《ぜいたく》だけど逆に落ち着かないから、たまーにここで作業してる」

「そうなんだ……」

それを聞いて、少し羨《うらや》ましいと考えている自分がいた。もちろん立派なビルやセキュリティにではなく、ときどき静かに過去に浸れる場所があることに。

おそらく、今の不安な状況が余計にそう思わせるのだろう。

するとそのとき、ふいに扉が開いて次郎が顔を出した。

「揃ってるな。始めるぞ」

次郎はそう言うと、雑然と積み上げられたパイプ椅子を引っ張り出して座り、高木が用意していた折り畳みデスクの上でパソコンを開く。

澪も同じようにパイプ椅子に座ると、一度深呼吸をした。そして。

「あの……、すみません、先にひとつだけ確認してもいいですか……？」

そう言って、ポケットからキリンのチャームを取り出し、晃に差し出した。

晃は少し戸惑った様子だったけれど、すぐにその意図を察したのか、盗聴器用のセンサーを取り出しキリンの傍で電源を入れる。

しかしブザーは鳴らず、澪はほっと息をついた。

「大丈夫ってこと？」

「うん。さすがにそこまで小さい物に仕込むのは難しいと思うし、大丈夫だろうと思ってたけど。……にしても、進んで差し出されるとは思わなかったよ。もしかして、宮川さんのことを疑いたくなるようなことでもあった？」

晃は澪の心情を窺《うかが》うように、いつになく遠慮がちに尋ねる。

しかし、澪は首を横に振った。

「ううん、信じてるよ」

「……なのに？」

「うん。でも意地になってるわけじゃないし、皆が不安に思う要素はひとつでも減らしたいから。……そうやって、気遣われるのも申し訳なくて」

「へぇ。……ちょっと意外」

「そういえば、なんだか表情がスッキリしたね」

首を傾げる晃の横で、高木がそう言って澪をまじまじと見つめる。

あまりに見られると照れくさく、澪は慌てて目を逸《そ》らした。

「い、いちいち葛藤《かっとう》してる方が辛《つら》いなって思って。……全部顔に出ちゃうから、どうせ誤魔化せないですし」

「澪ちゃんらしいよ」

「……褒めてます？」

「もちろん。俺はずっと澪ちゃんの味方のつもりだよ。それこそ、入社してきたときから」

その言葉を聞いた瞬間、ふいに、この地下のオフィスで仕事をしていた頃の記憶が頭を過《よぎ》る。

右も左もわからず、自分の無力さを痛感する日々の中で、どんな小さなことでも褒めてくれる高木の存在はとても大きく、何度も勇気をもらった。

「……なんか、懐かしいですね」

口に出すと、自分で思う以上に時が流れていることを実感する。

そして、ただがむしゃらに駆け抜けてきたような感覚だったけれど、自分にもしっかり積み上げてきたものがあるのだと、素直に思えた。

そのとき。

「……その調子なら、調査の方も問題なさそうだな」

そう口にしたのは次郎。

視線を向けると、次郎はパソコンのモニターを澪たちに向けた。表示されていたのは、新宿《しんじゅく》の地図。そして。

「ここが、依頼の物件だ。四階建てで、全フロアに店舗が入るらしい。……依頼の真偽はともかく、伊原の説明によれば、照明が落ちたり物が勝手に動いたりといったいわゆる霊障が多発し、中には妙な人影を目撃した人間もいるとか」

そう言って、西新宿のあたりを拡大した。ピンが立っているビルの場所は、比較的人通りの少なそうな細い路地沿い。地図で見比べても、ごちゃごちゃした歌舞伎町とは雰囲気の違いが歴然としていた。

「霊障ですか……。っていうか、新店をオープンするっていう話でしたけど、今回は歌舞伎町じゃないんですね」

「ああ。計画自体はずいぶん派手だが、歌舞伎町を牛耳っている男が勝負をかけるにしては、場所が微妙だな」

「確かに、そうですよね……」

考える程に不審な点ばかりが浮かんできて、勘繰らずにはいられなかった。言い知れない不安がみるみる膨らんでいく。

そして。

「今回は、俺と澪で行く」

そう言われた瞬間、全身に緊張が走った。

「……はい」

澪は頷《うなず》き、晃がポケットの中のキリンをぎゅっと握る。

すると、晃が不満げに眉《まゆ》を顰《ひそ》めた。

「え、僕留守番？」

こんな状況の中でも残念がれる神経の強さはいっそ羨ましいが、確かに晃が留守番する理由は謎だった。

すると、次郎は首を横に振る。

「溝口《みぞぐち》にも参加してもらう。ただ、現地でなくオフィスにいてほしい。……できれば、本社で発生したシステムトラブルの改修作業という名目で」

「……それ、誰向けの名目？」

「宮川と目黒だ」

「……なるほど」

二人の会話を聞きながら、澪も納得していた。

つまり次郎は、指定された二日間に、第六のオフィスにまたなにかを仕掛けられることを予想しているのだろうと。

むしろ、この依頼はアクアのときと同様に、オフィスから人払いをしたいという目的があまりにも透けて見えている。

実害のなかった前回まではただの脅しだったとしても、次はなにをしてくるかわからない。

そのとき、しばらく黙って聞いていた高木が口を開いた。

「でも次郎、この依頼さ、……なんていうか、下手すぎない？」

全員の視線が集まり、高木はさらに言葉を続ける。

「やたらと大仰でなにもかも不自然っていうか、正直、オフィスになにかしてくることが見え見えだよね。アクアは表向き未解決だし油断してるのかもしれないけど、だとしても普通はもうちょっと慎重になるものじゃないかな。……これじゃ、まるで子供が考えたみたいだ。こんなのに乗っかっちゃって、本当にいいのかなって」

それは、伊原から依頼内容を聞いた時点で、おそらく全員の頭を過《よぎ》った感想だった。

改めて言葉にされるとより違和感が際立ち、いったいなにを企《たくら》んでいるのだろうと不安が膨らみはじめる。

しかし、次郎に迷う様子はなかった。

「わかってる。普通に考えれば請けるべきじゃない案件だ。……あくまで、選べる状況なら」

「それは……、そうだけど……」

「それに、こっちがどこまで情報を得ているかを隠したい以上は、断るのは得策じゃない。うちには宮川がいるし、黒幕側だとほぼ確定している目黒に梶を訝《いぶか》しんでいることが伝わるのは避けたいからな」

「だけど、宮川さんはまだ操られてるって説も……」

「たとえそうだったとしても、目黒が宮川から第六でのことを聞き出すのは簡単だろ。社内でのことはほぼ筒抜けだと考えたほうがいい」

「……確かに」

「だからこそ、こんな厳重な環境で打ち合わせしてるんだ。……請ける前提で、対策を考えるしかない」

高木はもうなにも言わず、視線を落として頭を抱える。

この急展開を一気に聞かされれば、そうなるのは無理もなかった。しかし。

「……でもさ、むしろ依頼が大仰で不自然だからこそ、調査中に新しい情報を得られる可能性もあるよね。二日でビル一棟っていういかにも難易度が高い調査を用意したぶん、僕がオフィスに残ることなんて予想してないだろうし。現地でもオフィスでも、向こうがボロを出す確率の方がずっと高い気がする」

晃がふと口にしたのは、完全に追い込まれたように思えるこの状況で、唯一の前向きな言葉だった。

高木は顔を上げ、次郎は深く頷く。

「その通りだ。これ以上曖昧《あいまい》な疑惑や怪しい人間が増えると身動きが取り辛くなる一方だが、ここらでなんらかのヒントが得られるなら、こっちにとって悪いことばかりじゃない」

澪もまた、その言葉に納得していた。

次郎が言った通り、このままではいずれ、澪たちに関わるすべての人間を疑わなければならなくなってしまう。

「そうだね……、ちょっと捨て身感が拭《ぬぐ》えないけど……」

「ただで捨てるつもりはない」

「……次郎、俺にできること、なにかある？」

「想定外なことが起きたときは連絡するから、そのときは頼む」

「……了解」

二人のやり取りから、長年の付き合いで築き上げた信頼関係が伝わってきた。

澪にとっても、高木や晃が待機してくれているのなら心強い。もちろん怖いことに変わりはないけれど、そう考えると腹が据わった。

そんな中、晃は少し気まずそうに澪に視線を向ける。

「澪ちゃん、こんな話ばっかで申し訳ないんだけどさ……、当日は急に発生したトラブル対応って設定にするから、僕がオフィスに残ること、宮川さんには内緒ね」

「晃くん……」

晃という人間はいつもあけすけで、いつもは誰に嫌われても厭《いと》わないという潔さすら感じられるが、今回は珍しいくらいに萎縮《いしゅく》していた。

それだけ気遣ってくれているのだろうと、澪はまた、晃と一緒に過ごしてきた日々の積み重ねを痛感する。

「もちろんわかってるよ。……さっき気を遣わないでって言ったばかりなのに。それに私、晃くんからだったらなに言われても大丈夫だよ。信用してるし」

「……殺し文句」

晃はわざとらしく眉を顰めながらも、ほっとしたように笑う。

澪もまた、思ったよりストレートな言葉が出たことに自分自身で驚いていた。もしかすると、この場所がそうさせるのかもしれないと澪は思う。無意識に初心に戻るのか、妙に素直になってしまう。

それだけでなく、この部屋に詰まっている、澪たちが乗り越えてきた数々の記憶が、恐怖すら曖昧にしてくれるような気がした。


週末までは、あっという間だった。

もちろん事前調査をする余裕なんてなく、やったことといえば、沙良を交えての表向きの打ち合わせのみ。

その場では、元第六のオフィスで口裏を合わせた通り、次郎と晃と澪の三人で向かう計画で話を進めた。

前日の金曜の朝にこっそりと現地を偵察してくれた高木によれば、窓はすべて半透明のビニールシートで覆われ、建物の中の様子を確認することはできなかったらしい。

ただ、工事をしているような音はまったく聞こえてこなかったとのことで、その報告は澪の不安を煽《あお》った。

そして、ついにやってきた土曜。

十八時を回った頃、澪と次郎は事前の計画通り、晃をオフィスに残して現地のビルに向かった。

コインパーキングに車を止めてビルへと歩きながら、澪は想像よりも人通りが少ないことに驚く。

目と鼻の先には高層ビルやマンションが見えるけれど、周辺は比較的古い建物が残る静かな場所だった。

本当にこの場所に店を出す気だろうかと、前々から抱いていた違和感がより濃さを増すが、もはや今はそこを疑う段階ではない。

やがてビルに到着すると、澪は正面から見上げ、込み上げる緊張を鎮めるためゆっくりと息を吐いた。

ビルは築二十年という話だが、小綺麗《こぎれい》で、外観から年季は感じられない。

ただ、窓は高木から聞いていた通りすべてビニールシートで覆われ、どこか不気味な雰囲気を醸し出していた。

身構える澪を他所《よそ》に、次郎は伊原から預かった鍵《かぎ》を取り出し、躊躇《ためら》いもなくエントランスにある重厚な扉を開ける。

ちなみに、伊原から提供されたビルの平面図によれば、このビルの構造はいたって単純だった。

一階のエントランスを入ると、まず右側に現在は停止しているエレベーターと、その奥に四階まで通じる狭い階段があり、左側にはテナント用の物件の入口となる大きな扉がある。

上のフロアもほぼ同じで、つまり建物全体で大部屋が四つあり、そのすべてが梶の店舗となるらしい。

エントランス以外の鍵は開けてあるとのことで、澪は中へ入ると早速一階のテナントの戸を開け、そっと中を覗《のぞ》き込んだ。

とうに日は沈んでいるが新宿の夜は明るく、ビニールシート越しに差し込むぼんやりした灯りがだだっ広い部屋を不気味に照らしている。

澪はひとまず平面図を頼りに照明のスイッチを探して部屋を明るくした。すると、いかにも間に合わせで設置されたような、コードが剝《む》き出しの蛍光灯が部屋を照らす。

改めて見てみると、中はまだ仕切られていないガランとした一間で、思った以上に雑然としていた。

天井も壁もまだクロスが張られておらず、石膏《せっこう》ボードが剝き出しで、現時点では店の完成形がまったく想像できない。

「なんだか、思ってたよりも工事が進んでないみたいですね……。オープンを急いでるって話だったから、もっと完成に近いのかと……」

呟《つぶや》くと、次郎はあっさりと頷《うなず》く。

「想定内だ。そもそも改装工事の話自体が嘘の可能性もあるだろ」

「それは……。だけど、実際そこまでするでしょうか……？」

「そこまでって言う程のものでもない。……よく見てみろ。依頼の内容と同様に、かなり雑だ」

「雑……？」

雑という表現に、澪は首を捻《ひね》った。

すると、次郎は部屋の中に足を踏み入れ、床に転がっていた木片を拾い上げる。

「切りっぱなしの木片がやたらと散らかってる割に床には木屑《きくず》ひとつないし、工具は置きっぱなしにしてるが作業台はない。……随所に、素人が作った映画のセットのような安っぽさがある」

「そう言われると……」

「高木がこの依頼内容を〝子供が考えたみたいだ〟と言っていたが、現地はさらに顕著だな」

上手《うま》く表現できなかった不自然さを明確に言葉にされ、なんだか背筋がゾッと冷えた。

今回は、恐怖の種類がいつもの心霊調査とはまったく違う。

人の企《たくら》みの方がよほど怖いと、澪はしみじみ痛感していた。

しかし次郎はあくまでいつも通りの様子で、さらに奥へ進む。そして、部屋の中央の辺りでふと立ち止まり、澪の方を振り返った。

「霊の気配は？」

「あ……、そうでしたね……」

そう言われ、澪は慌てて周囲の気配に集中するが、特別目立ったものはない。ただ、このビルの中には、なんだか胸騒ぎがするような嫌な空気が充満していた。

「霊というか……、変な感じがします」

「変？」

「どう言えばいいかわからないんですけど、空気が重いっていうか……」

的確な表現が見つからず、語尾が曖昧《あいまい》なまま口を噤《つぐ》む。

しかし、霊がいるわけでも人の視線を感じるわけでもないのにソワソワするこの独特さは、過去の経験の中に当てはまるものがなかった。

次郎は眉《まゆ》を顰《ひそ》め、小さく頷く。

「空気がおかしいのは同意だ。……さしずめ、このビルの中にも例の藁人形《わらにんぎょう》が仕込まれているんだろう。気配が不自然なのはある意味当然かもしれない」

「藁人形って、アクアで見つけたやつですか……？」

「アレを使って心霊現象を演出するのがやり口だろ。オフィスの人払いが目的なら、今回もおそらくどこかにある」

わかっていたつもりだったけれど、あの不気味な姿を思い出しただけで気持ちがずっしりと重くなった。

しかし、今回はビル一棟。探したところで到底見付けられる気がしない。

「ですけど、もし基礎の中に隠されてたら、私たちじゃどうしようも……」

澪はだだっ広い部屋を見回し、途方に暮れる。

しかし、次郎は首を横に振った。

「いや、向こうの本命がオフィスの方だとすれば、ここはややこしい心霊現象で俺たちを足止めするための場所だろう。あるとわかりきってるものをいちいち探す必要はない。俺らが優先するのは、黒幕が残した手がかりを摑《つか》むことだ」

「あ……、そっか……」

「幸い、この雑な演出ならいろいろとアラがありそうだ」

次郎はそう言うと、澪の手からビルの平面図を抜き取って広げる。

そして、部屋の出入口へと向かった。

「一旦《いったん》全フロアを確認してから機材を入れるぞ」

「は、はい……！」

気乗りしない案件だけれど、いたっていつも通りに振る舞う次郎のお陰か、澪の不安は少し落ち着いていた。

次郎を追って階段を上ると、一階と同じ配置でテナントの扉があり、中もまた同様に工事中といった様子で、澪たちは部屋をひと回りして今度は三階へと向かう。

そして、同じことをそのまま四階まで繰り返した後、ふたたび一階のエントランスへ戻った。

正直、少し拍子抜けだった。

というのも、一通り見て回ったものの、今のところ霊障ひとつない。

ここがアクアと同じく仕組まれた場所だとするなら、きっとわかりやすい心霊現象が起こるはずだと確信していた澪にとっては、むしろ不自然に思えた。

「……全然なにもなかったですね。気配もないし、霊障も」

思わずそう零《こぼ》すと、次郎も頷く。

「逆に不気味だな。とはいえまだ二十一時前だ。とりあえず、夜中に備えるために一旦機材を取りに車に戻る」

「そうですね……」

「とはいえ、こっちも調査の体裁を繕うだけだから、数台の小型カメラで十分だろう」

「じゃあ、私が取ってきます」

「いや、……念の為、ここでは離れて行動しない方がいい」

「え……？」

澪はふと次郎を見上げる。

なにも起こっていないのに、次郎の警戒心はここへ来たときよりも増しているように思えた。

なにか感じるものがあるのだろうかと、嫌な予感が過《よぎ》る。

わかりやすく表情が強張《こわば》った澪に、次郎が眉根《まゆね》を寄せた。

「……念の為だって言ってるだろ」

「す、すみません……、いつもと勝手が違うから、妙に過敏になっちゃって……」

笑って誤魔化すと、次郎はエントランスの方へ向かい、取手に手をかける。――しかし、そのとき。

「……まずいな」

次郎の声が、明らかに緊張を帯びた。

「え……？　まずいって……」

尋ねながらも、澪は、次郎の様子からなにが起こっているのかを直感していた。

頭で考えるよりも先に、澪も次郎が掴む取手に手をかけ力を込めるが、扉はビクともしない。

「開かない……」

閉じ込められたのだと察した瞬間、声が震えた。

しかし、相変わらず澪たちの周囲に霊の気配はない。

これがなにを意味するかは、考えるまでもなかった。

「……これは霊障じゃない。人の仕業だ」

やはりそうかと、澪は愕然《がくぜん》とする。

とても冷静ではいられず、澪は恐怖に突き動かされるようにその場から離れ、一階のテナントへ駆け込み窓へ向かった。

「澪！」

背後から次郎に呼び止められたけれど、とても止まってはいられなかった。

澪は窓の内側にかけられている保護シートを乱暴に剝《は》がして鍵《かぎ》を開け、祈るような気持ちで窓枠に手をかける。――けれど、ある意味予想通りというべきか、窓はビクともしない。

頭が真っ白になった澪の背後で、追いついた次郎が溜《た》め息をついた。

「……おそらく、開かないように外から細工されてる」

「そんな……」

「しかも、窓は特殊フィルム入りの防犯ガラスだ。工具なしでは割るのも難しい。……おそらく、こうするためにあらかじめ準備してたんだろう」

「どうして……」

どうしてと口にしながらも、答えを知りたくないと考えている自分がいた。

しかし、頭の中では仮説がどんどん組み上がっていく。

二日間に限定されたあからさまに怪しい依頼に、藁人形を探すのが困難な工事中のビル。澪たちをオフィスに近寄らせないためならそれで十分なのに、わざわざ閉じ込めたとなると、それ以外の目的があることは想像に容易《たやす》い。

「目的は、俺たち自身かもしれない」

ふいに次郎がそう口にし、全身から一気に血の気が引いた。

「……それって、つまり」

途端に最悪な予想が過り、語尾が震える。

「……命を、狙われてるってことですか？」

言葉にするのも怖かったけれど、限界まで膨れ上がった不安を自分だけの心に留《とど》めておくことはできなかった。

次郎がわずかに瞳《ひとみ》を揺らす。

澪は答えを待つほんの束の間すら耐えられず、酷《ひど》い目眩《めまい》を覚えた。

しかし。

「落ち着け。……殺すことが目的ならもっと上手《うま》くやるだろ」

思いの外落ち着いた声でそう言われ、強張っていた体からふっと力が抜けた。

「でも……」

「本気で殺そうと思えば、証拠を残さない方法が他にいくらでもあるはずだ。わざわざこんな場所に呼び出すまでもない」

言われてみれば、確かにその通りだった。

ただ、納得したところで恐怖は拭《ぬぐ》えない。

殺される可能性が除外されたとしても、今まさに相手の計画の中にいることに違いはなかった。

「じゃあ、どうしてこんなこと……」

「わざわざ妙な演出をしている以上は、なにも起こらないってことはないだろうな。ずいぶん大掛かりだが、脅しか、警告か……」

「それってつまり黒幕が……、仁明が、自分のことを探らないよう私たちに警告してるってことですか……？」

尋ねると、次郎は黙って首を捻《ひね》る。いつになくはっきりしない様子を見ると、おそらくその予想に違和感を覚えているのだろう。

それは無理もなく、あの仁明が、――人の弱い面に付け込むことを得意とし、数々の企業までをもあっさりと破滅に追いやった仁明が、警告や脅しのためにわざわざこんなあからさまな演出をするなんて考え難い。

「下の人間に指示した可能性もあるが……」

「下って、たとえば目黒さんとかですか……？」

「いや、目黒ならもっと周到にやるだろ」

「じゃあ、さらに下に人が……？」

「普通に考えればそうなる。……ただ、やっぱり違和感が拭えないな。目黒にしろ梶にしろ利用できる人間ならいくらでもいるだろうが、とはいえ悪徳な商売を組織化するのはあまりにリスクが大きいし、仁明にとってそのリスクに適《かな》う利があるとも思えない。そもそも、あの慎重な男がそんなことを考えるとはとても……」

「ですが……」

「わかってる。……そうは言ってもこの状況と矛盾してる。……この謎の監禁のせいで、向こうの全体像が余計にわからなくなったな」

次郎はそう言って考え込んだ。実際、次郎の言葉通り、閉じ込められたことで明らかに謎が増えている。

「あの……、ちなみに、目黒さんが無関係って説はないんでしょうか……」

「だとすれば、津久井の尾行に関して嘘の報告をした件はどう解釈する」

「……そうでした」

「ただ、そのレベルの根本的な思い違いをしている可能性は否めない。……今日に関しては、それくらい想定外だ」

「根本的な……。ならもう一回状況を整理しないとですね……。高木さんや晃くんにも聞いてみて……あ！」

二人の名を口にした瞬間、澪はふいに思い立ってポケットから携帯を取り出した。

頭に浮かんだのは、戸や窓が閉ざされたのが霊障と無関係なら、携帯は通じるはずだという希望。

しかし、ディスプレイに表示されていたのは「圏外」の文字。

都会のど真ん中でそんなはずはないと、澪は携帯をいろんな方向に向けてみたけれど、残念ながら変化はなかった。

そんな澪を見て、次郎が小さく肩をすくめる。

「携帯ならとっくに試した。さしずめ、通信抑止装置でも使ってるんだろう」

「通信抑止……？　なんですか、それ……」

「電波が入らない空間を作る機械だ。最近は劇場やホールなんかにも導入されてる。大掛かりなものは免許や申請がいるが、このビル一棟分をカバーする程度のものなら普通に手に入る」

「そんな……」

澪はがっくりと項垂《うなだ》れた。

ただ、冷静に考えてみれば、こんな場所に監禁することを考えるような人間が、携帯の対策をしないはずがなかった。

澪は途方に暮れ、携帯をポケットに仕舞う。——そのとき。

突如、ガタンと不自然な音が響いたかと思うと、一気にすべての部屋の照明が落ちた。

「なん……っ」

「落ち着け」

咄嗟《とっさ》に次郎に腕を摑《つか》まれ、澪は悲鳴を飲み込む。そして、次郎にしがみついたまま、ゆっくりと呼吸を繰り返した。

やがて暗さに目が慣れてくると、徐々に冷静さが戻ってくる。そもそも、外から差し込む照明のお陰で、目さえ慣れてしまえばさほど支障はなかった。

「照明が落ちる瞬間、外からかすかに変な音がした気がする。……誰かが分電盤を操作したのかもしれない」

次郎がそう呟《つぶや》き、澪はこれも人の仕業かと目眩《めまい》を覚える。

確かに、経験上、これが霊障でないことは明らかだった。なんだかおちょくられているような気すらして、恐怖に代わって苛立《いらだ》ちが込み上げてくる。

「携帯に続き、また人の仕業ですか……。っていうか、なんでいちいちわざとらしく霊障みたいなこと……。お化け屋敷じゃないんですから……」

澪はどこにもぶつけようのない怒りを持て余し、ぶつぶつと不満を零す。

一方、次郎は意味深に眉《まゆ》を顰《ひそ》めた。

「……なるほど。相手は霊障を演出してるつもりなのかもしれないな」

「はい……？」

そのあまり次郎らしくない言葉に、まさかふざけているのだろうかと、澪は首を傾げる。

しかし、次郎の表情はいたって真剣だった。

「照明が落ちたり戸が開かなくなったりっていうのは、お前も知っての通りよくある霊障だろう。……俺らを監禁した犯人は、それを再現したかったのかもしれない」

「いや、あの、次郎さん……、それ、本気で言ってますか……？　本物の霊障かどうかなんて、バレないわけないじゃないですか……」

いったいどうしてしまったのだろうと、澪は戸惑う。――しかし。

「確かに俺らにはすぐにわかる。……だが、ほとんどの人間は、俺らにとって当たり前のこの現象をほぼ認識していない」

そう言われ、澪はハッとした。

次郎が言ったように、霊障とは第六で調査をする上で避けられない現象であり、澪たちはもはや当然起こるものとして認識している。

しかし、多くの人にとってはそうではない。

「えっと……、それってつまり、私たちをここに閉じ込めた人間はあえて霊障を演出していて……、その人自身は霊障のことをあまり知らない、霊感がない人物ってことですか……？」

混乱しながらも導き出した答えに、次郎ははっきりと頷《うなず》いた。

「そうだな。ただ、まったく霊感のない人間ならこんな子供騙《こどもだま》しな手を使うことに躊躇《ためら》いそうなものだが、実行したってことは、霊障を目にしたことがあるか、知識だけ持っているか。……とはいえ、簡単にバレるってことを知っている程、詳しいわけじゃない。……って考えると、このしらじらしい演出もしっくりくる」

「だとしたら、あまり仁明に近い人間じゃなさそうですよね」

「少なくとも実行犯はそうだろうな。……やることが派手で、あまり深く考えないタイプだろう」

それを聞いて澪の頭に真っ先に浮かんだのは、梶だった。

その内面についてはあまり知らないが、歌舞伎町での圧倒的な成功者であり、やることが大胆で派手好きなことは間違いない。

二日間東京を離れるという話も、そう考えるとなんだかあからさまに思えた。

ただ、唯一引っかかるのは、梶が心霊現象に懐疑的であるという事実。

「梶さんかもって思いましたけど、彼はそもそも霊を信じてないから、候補からは外れますね……」

澪は梶のことを思い出しながら、そう呟く。

しかし、次郎は首を横に捻った。

「いや、心霊現象に懐疑的っていう話も、設定かもしれないだろ」

「アクアのときは嘘をついてたってことですか……？」

「十分あり得る。霊感のあるなしなんて、実際に霊を目の当たりにしない限りはなかなか判別できないからな」

「……確かに、そうかも」

そう言われると、アクアの調査中にも梶はマネージャーの寺岡《てらおか》にすべてを任せていて、澪たちの前に顔を出したのは初日のほんの数分。

霊が現れたときに居合わせていないのだから、本当に霊感がないと判断できるような証拠はない。

とはいえ、そんなことを言い出したら疑わしい人物を絞ることなんてできないと、澪は途方に暮れる。

すると、次郎は部屋の出入口の方へ向かいながら、澪を手招きした。

「もう一度中を回るぞ。人の仕業ならどこかにアラがあるかもしれない。脱出できそうな所や電波が入る場所を探す」

「あ……、はい……！」

澪は次郎に続いて部屋を出ると、携帯の電波を確認しながら階段を上る。

そして、さっきよりも時間をかけて、慎重に四階まで順に巡った。

しかし、隅々まで確認しても電波が入る場所は見付からず、窓に関しては、どう考えても体が抜けられそうにない小さな窓までご丁寧に塞《ふさ》がれていて、すべての確認を終えた澪はがっくりと肩を落とす。

「霊障の演出は雑な割に、監禁に関しては完璧《かんぺき》ですね……」

「そっちは慣れてるのかもしれないな」

「……怖いこと言わないでください。まさか、このままずっと閉じ込めて、餓死するのを狙ってたりして……」

「人間が餓死するまでどれだけ時間がかかると思ってる。さっきも言ったが、殺したいならもっとてっとり早い方法があるだろ。それに、俺らと連絡が取れない時点で高木や溝口が怪しむはずだ」

高木や晃の名前を聞くと、条件反射のように気持ちが落ち着いた。あの二人に対しては、必ず助けてくれるだろうという強い信頼がある。

しかし、ほっとした瞬間、ひとつの疑問が浮かんだ。

「っていうか……、私たちが無事にここから出られたとして、警察に行ってしまえば黒幕は終わりなんじゃないですか……？」

澪が考えていたのは、これらが霊障でなく人為的である以上は明らかに犯罪であり、これだけのことをしていれば犯人に繋《つな》がる証拠がいくらでも残っているだろうという推測。

新宿の建物を一棟使うという計画自体もかなり大胆であり、ただでさえどこもかしこも防犯カメラだらけのこの時代、警察が動くと同時にすべてがあっさりと明るみに出る可能性もおおいにある。

しかし、次郎は首を横に振った。

「相手が仁明だとすれば、奴はかつて大掛かりな警察の捜査網から逃れたという過去を持ってる。そもそも身代わりとして差し出す人間なんていくらでもいるだろうし、実行犯だけが捕まって仁明は雲隠れするオチが目に見えてる。……それじゃ、意味がないだろ」

「それは、そうかも……」

「それに、そんなことになったら俺たちも身動きが取り辛《づら》くなる」

もっとも大きな問題は、一哉を捜していた頃との勝手の違いであり、今回は、仁明の代わりに手を動かす人間がかなり多いらしいという仮説。

手配中の身でありながら、前の事件から数年で組織を作るなんて信じ難いことだが、現に、黒幕側の人間はたびたびその影をちらつかせている。

いったいどんな誘い文句で仲間を集めたのか、澪には想像もつかなかった。

「とりあえず、一旦《いったん》一階に戻るぞ。今は、外の気配を探るくらいしかできることがない」

「……はい」

ついぼんやり考え込んでいた澪は、次郎の後に続いて階段を下りる。

確かに、今の澪たちにできることはほとんどなく、高木たちが一刻も早く異変に気付いてくれることを祈るばかりだった。

やがて一階に下りると、部屋に入り窓際に座る。

会話がなくなった途端、遠くからかすかに届く雑踏がやけに物寂しく、なんだか落ち着かなかった。

改めて部屋を見回すと、工事中にありがちな、配線が伸びたままの照明スイッチや仮の照明をはじめ、雑然とした雰囲気すべてが不気味に思えてくる。

「……気持ち悪い場所」

ボソッと呟《つぶや》くと、ふいに次郎からの視線が刺さった。

「こういう場所なら、これまでの調査で何度も来てるだろ」

どうやら会話の相手をしてくれるらしいと、澪は顔を上げる。おそらく、澪の不安な心情を気遣ってくれているのだろう。

いまだに世話をかけてしまうことを申し訳なく思いながらも、いつ脱出できるかわからないこの状況下で会話以外に気を紛らわせる方法はなく、それに甘えない選択肢はなかった。

「それはそうなんですけど、だからって慣れるものでもないですから……」

「そうか？　ずいぶん余裕が出てきたように見えるが。……最終審査をした頃に比べれば」

「最終審査……って、入社前じゃないですか！　そんなの忘れてください……！」

最終審査という言葉を聞くやいなや、古いアパートで女性の霊からひたすら逃げ回った記憶が鮮明に頭に蘇《よみがえ》った。

確かにあの頃に比べればマシかもしれないが、入社前と比較されるなんてさすがに不本意で、あまりの恥ずかしさに顔の熱が上がる。

しかし、次郎はさらに言葉を続けた。

「確かにそうだな。……だが、元教団施設の調査で浮遊霊に弄《もてあそ》ばれ、散々隈《くま》を作った上に最終的に俺の部屋に侵入してきたのは入社後だっただろ」

「……ずいぶん鮮明に覚えてるじゃないですか」

「どうやって忘れるんだ、アレを」

「…………」

言えば言う程墓穴を掘りそうで、澪は口を噤《つぐ》み、次郎を睨《にら》む。

けれど、その冷静な横顔を見ていると不思議と怒りが凪《な》ぎ、思わず見入ってしまった。

毎日顔を合わせているとつい忘れがちだが、こうして改めて見ると、次郎がいかに整った見た目をしているかを実感する。

同時に、この人は全然変わらないなと考えている自分がいた。

「……最終審査からずいぶん時間が流れましたけど……、思い返せば、何度も助けてもらったし、たくさん迷惑かけましたね」

なかば無意識の呟きが零《こぼ》れる。

澪の脳裏には、過去のさまざまな出来事が巡っていた。

すると、次郎がさも訝《いぶか》しげに表情を歪《ゆが》める。

「……死ぬ間際みたいなセリフだな」

「そ、そういうつもりでは……」

慌てて否定したものの、妙に感傷的になってしまっていることは事実だった。

次郎は澪の考えを推し測ろうとしているのか、なかなか目を逸《そ》らそうとしない。まっすぐな視線に捉《とら》えられると、すべてを見透かされそうで不安になる。

澪は曖昧《あいまい》な笑みを浮かべて誤魔化しながら、――次郎の瞳《ひとみ》に宿るこの光だけは大きく変わったポイントかもしれないと、密《ひそ》かに考えていた。

出会った頃の次郎からは常に静かな焦りを感じたし、なにかに取り憑《つ》かれたような雰囲気すらあった。

それが変わったキッカケは、わざわざ考えるまでもない。思えば、一哉にもずいぶん助けてもらった。

「……単純に、感謝したくなっただけです。次郎さんが最終審査の話なんてするからですよ」

「俺のせいにするな」

そう言いながらも、次郎はかすかに笑い声を零す。それは、遠くの方で響くクラクションにかき消されてしまうくらい小さな声だったけれど、無性に胸に響いた。

「いや……、ほんとに死ぬ間際みたいですね……。やっぱやめましょう……」

さすがに感傷的になりすぎてしまったと、気持ちを切り替えるため、澪は努めて明るくそう言う。

こういう不安な状況での思い出話は、ときどき怖い。心が勝手にあらぬことを覚悟してしまいそうになる。

しかし、会話がなくなるとそれはそれで心細く、澪は抱えた膝《ひざ》に顔を埋《うず》めて別の話題を探した。

ふと携帯を見れば、時刻は二十二時過ぎ。

ここへ来てすでに数時間が経っているけれど、思えば、霊障もどきは照明を落とされて以来起きていない。

「そういえば、向こうからの仕掛けはもう終わりなんでしょうか……」

問いかけながらも、心の中には、そんなわけがないと否定している自分がいた。これで終わりならあまりに子供騙《こどもだま》しが過ぎると。

次郎も同じ気持ちなのか、首を捻《ひね》る。

「脅しが目的ならまだなにか用意してるだろう。……とは思うが、なにを考えているか想像もつかないな。……今のところ、やっていることがあまりに仁明らしくない」

「いっそ、仁明はまったく無関係説とか」

「今日のことを単独で考えれば、それくらいの違和感がある。……混乱させる目的かもしれないが」

「それが目的ならすでに大成功ですよ……」

「確かに」

相手のテリトリーにいる上、出方がまったく読めない状況となると、普段使わない神経が容赦なく削られて辛い。

ここで夜を越えることを考えれば、できるだけ精神の消耗は避けたいけれど、勝手に考えを巡らせてしまう。

「……なんだか、これまでの霊障もどきのクオリティを考えたら、そのうちプロジェクターで霊を投影しはじめても不思議じゃないですよね」

「……それはそれで地獄だな」

次郎が心底うんざりした表情を浮かべ、澪は思わず笑った。――しかし、そのとき。

カラン、と。

突如、聞き覚えのある軽い音色が響いた。

条件反射のように全身が強張《こわば》り、たちまち額に嫌な汗が滲《にじ》む。

頭は真っ白で、視線を動かすのすら怖ろしく、澪は震えはじめた手をぎゅっと握りしめた。

その音の正体は、考えるまでもなかった。

強烈に脳裏に思い浮かぶ、仁明を追う中で何度も遭遇した木偶《でく》人形の姿。

乾いた木がぶつかるようなこの音色から与えられた恐怖を、すべての細胞が記憶している。

それは、やはり今回も仁明が関わっていることを確信した瞬間でもあった。

空気がビリビリと張り詰める中、マメがふわりと姿を現す。その事実がまた、これから起きることが子供騙しではないと物語っていた。

『グルル……』

マメは澪にチラリと視線を向けた後、エントランスの方へ向かって激しく唸《うな》る。

「マメ……」

ふたたび鳴ったカランという音が、辺りに不気味に響き渡った。

薄暗闇に目を凝らせば、開けっ放しの出入口の奥に、ゆらりと揺れる影が見える。

「……入ってくる。澪、立て」

次郎の声は、これまでとは打って変わって緊張を帯びていた。

澪は頷《うなず》き、震える足に無理やり力を入れる。

同時に影が揺れ、カラ、カラン、と、重なり合った音が響いた。

部屋の中に入ってきたのだと察した瞬間、全身に震えが走り、澪は前に立つ次郎のジャケットの裾《すそ》をぎゅっと摑《つか》む。

「幸いあいつは動きが遅い。……もっと引き寄せてから、出入口まで全力で走って上の階へ向かえ」

「で、でも、上は……」

澪の頭を過《よぎ》っていたのは、たとえ逃げても、このビルが密室であるという事実。

エレベーターは動いておらず、上の階に行く方法は狭い階段以外にない。つまり、逃げたところでいずれは追い詰められてしまう。しかし。

「大丈夫だから落ち着け。お前が逃げたら戸を閉めてこの部屋をお札で封印する」

次郎はまるで澪の不安を見透かすかのようにそう言い、ポケットからお札を数枚取り出し、一枚を澪に持たせた。

そう上手《うま》くいくだろうかという不安は拭《ぬぐ》えないけれど、次郎に大丈夫だと言われると、不思議と恐怖が落ち着いていく。

次郎が一緒で本当によかったと、澪は改めて思った。

しかし、わずかに生まれた余裕すら奪うかのように、目線の先では影がふたたびゆらりと動く。

距離が縮まるたび、不気味な音がカラカラ、と鳴り響いた。

そのとき。

澪は唐突に、奇妙な違和感を覚える。

違和感の正体は、まさに今少しずつ接近している木偶人形らしき影の、大きさと形。

少しずつ明確になっていくその輪郭はなんだか小さく、明らかに人の形をしていなかった。

少なくとも、集落の森やキラナビルで見た姿とはまったく違っている。

「次郎さん、……あの影、なんだか変じゃないですか……？」

動揺のせいで上手く説明できなかったけれど、次郎は視線を影に向けたまま頷いた。

「……この音は確かに木偶人形のものだが、そう考えると気配も変だな。……それに、動き方もおかしい」

そう言われて改めて影の動きを確認し、澪は息を呑《の》む。

それは低い姿勢ながらもやけに滑らかで、これまで見てきた、ゆっくりと左右に揺れながら二足歩行で動いていた木偶人形とはまったく違っていた。

「なんだか……、人っていうより動物っぽいというか……」

思いついたまま口にすると、次郎も頷く。

「……まさに。あいつは、四足歩行で動いてる」

そう口にした瞬間、ふいに、木偶人形の正面の一部を外から差し込む照明が照らした。

──そして。

「……っ」

声にならない悲鳴が零《こぼ》れる。

露《あら》わになったその姿は、想像のどれとも違っていた。

次郎が言った通り確かに四足歩行ではあるが、その頭部は、明らかに、人間のもの。

深く俯《うつむ》き、乱れた髪が床へ向かって流れ落ちている。

たちまち頭の中が恐怖で真っ白になった。

「ひ、人……！　人が……！」

パニックを起こして叫ぶと、次郎が咄嗟《とっさ》に澪の手首を摑む。

「動き方……？」

「落ち着け。念が重なって見えてるだけで、あれは人間じゃない」

「でも……！」

「いいからよく見ろ」

手首を引かれ、澪は怯《おび》えながらも視線を上げた。

おそるおそる確認すると、目線の先で動いているのは、確かに何度も見てきた木偶人形であり、四足歩行であること以外に違いはない。

しかし、さっき視《み》えた人の頭部も決して幻覚ではなく、次郎が言った通り、木偶人形の輪郭にはぼんやりと人の影が重なっていた。

「念って……、つまり、どういう……」

「理屈はよくわからないが、……ただ、今回の木偶人形は、どうやら本物の魂を使って動いてるらしい」

「本物……？」

「人の魂だ。……悪趣味だな」

「………」

なんて怖ろしいことをするのだろうと、全身から血の気が引いた。

そんな中、木偶人形は、ギシ、と不気味な音を立て、不自然な動きでゆっくりと顔を上げる。

同時に、重なって動く念の顔も上向き、どろりと濁った虚《うつ》ろな目が澪を捉《とら》えた。

その瞬間、――心臓が、ドクンと大きく鼓動する。

「次郎、さん……、あの人、って……」

澪には、その顔に見覚えがあった。

「……見るな」

次郎も察したのか、澪の視線を遮るように前に立つ。

けれど、澪には、見なかったことになんてできなかった。

「あの人……」

「澪」

「――伊東《いとう》さんの奥さんの……、千賀子《ちかこ》さんですよね……？」

名を口にした途端、記憶の中の伊東夫妻の姿が脳裏に鮮明に蘇《よみがえ》ってくる。

伊東夫妻とは、次郎や高木と行った集落の調査で仁明との繋《つな》がりの可能性が浮上した、重要人物。

しかし、話を聞きに行こうと思った矢先に家が燃え、夫婦ともども重傷を負ったと聞いた。

「まさか……、亡くなったってこと、でしょうか……」

「わからない。……生き霊の可能性もある。とにかく、今は考えるな」

「でも……」

「頼むから。……今は、逃げることに集中してくれ」

少し焦りを帯びた次郎の声が、状況がどれだけ切迫しているかを物語っている。

けれど、澪の心の中は酷《ひど》く混沌《こんとん》としていて、足もガタガタと震えていた。

「おい、さっき言ったこと覚えてるか」

次郎が言っているのは、さっき示し合わせたこの部屋から逃げる手順。澪はかろうじて頷いたものの、こんな状態で走れるだろうかと不安が過る。

しかし、捕まればなにをされるかわからないと、澪は恐怖に呑まれてしまいそうな心を必死に奮い立たせた。

「合図をくれたら、走ります……」

そう答えると、次郎は頷く。

数メートル先では、木偶《でく》人形が四本の足を不規則的に動かしながら、少しずつ、けれど確実に澪たちとの距離を縮めていた。

『ワン！　ワンワン！』

マメの鳴き声がひときわ大きく響き、周囲の空気がさらに緊張を帯びる。ときどき振り返って澪を見上げる目が、これ以上接近されたら危険だと訴えていた。そして。

「澪、……走れ！」

次郎がそう言い、澪の体を押す。

澪は返事をする余裕もないまま、ただがむしゃらに出入口へ向かって走った。

木偶人形の横をすり抜ける瞬間、ギシ、と木が軋《きし》む音が大きく響く。

なにも考えないようにと意識していたのに、視界は勝手に涙で滲《にじ》んだ。千賀子の残酷すぎる姿にやりきれない思いが込み上げ、とても堪えられなかった。

『ワン！』

追い付いたマメが澪と並走しながら、心配そうに見上げる。

澪は頷《うなず》き返しながら、袖《そで》で乱暴に涙を拭った。

やがて出入口を抜けると、一旦《いったん》立ち止まって部屋の中を確認する。

すると、次郎もすぐに部屋から出てきて、即座に扉に手をかけた。

心も頭の中もぐちゃぐちゃだけれど、ひとまず逃げられたようだと安堵《あんど》の溜《た》め息が零れる。――しかし。

ふいに部屋の中からカラカラ、と大きな音が連続で響いたかと思うと、――突如、暗闇の奥からすごい勢いで後を追ってくる木偶人形の姿が目に入った。

「っ……」

とても信じ難い光景に、体が硬直し言葉を失う。

「澪！　階段まで下がれ！」

次郎の叫びにハッと我に返ったものの、すぐに身動きを取ることはできなかった。

次郎は即座に扉を閉め、手にしていたお札をその上に張り付ける。

途端に、辺りがしんと静まり返った。

「今の……、って……」

動揺が収まらず、声は酷く震えていた。頭を過《よぎ》っていたのは、次郎を追ってきた木偶人形の、驚く程の動きの速さ。それは、さっきまでのゆっくりした動作からはとても想像できない、まるで野生動物のような俊敏さだった。

「あいつは走れるのか……、しかもかなり速い。あの姿は伊達《だて》じゃないらしいな」

次郎は淡々とそう言うが、声にはさすがに動揺が滲んでいた。

あれに本気で追われたら到底敵《かな》わないと、澪の心はたちまち恐怖に呑まれてその場にへたり込む。

しかし、次郎はそんな澪に、視線で上の階を指した。

「まだ気を抜くな。とりあえず上に行くぞ」

「そう、ですよね……」

澪は頷き、よろよろと立ち上がって階段に向かう。――しかし、そのとき。

ガン、と、扉の内側からなにかが衝突するかのような、激しい音が響いた。

あまりの衝撃に建物ごと揺れ、天井から埃が舞い落ちる。澪は咄嗟に階段の手すりを摑《つか》んだ。

『ワンワンワン！』

マメが堰《せき》を切ったように吠《ほ》え、なにが起きたのかわからずに後ろを振り返った瞬間、ふたたび響いた衝撃音。

扉は今にも外れそうな勢いで大きく揺れ、たった今張り付けたばかりのお札がひらりと半分捲《めく》れる。

同時に扉の接続部から小さな部品が弾《はじ》け飛び、床で金属音を響かせた。

あまりに荒々しい光景に、全身から一気に血の気が引く。一方、次郎は咄嗟に剝《は》がれかけたお札を押さえた。

ふと、嫌な予感が過る。

「次郎さん……、もしかして、お札が……」

あまり効いていないのではないか、と。怖ろしくて、それを最後まで口にすることはできなかった。

次郎は首を縦にも横にも振らず、ポケットからもう一枚取り出して扉に張り付ける。

ただ、無言は肯定も同然だった。

澪は微妙に歪《ゆが》んだ扉を呆然《ぼうぜん》と見ながら、額から流れる汗を拭《ぬぐ》う。

頭の中は、恐怖や不安や疑問で混沌としていた。

「というか……、木偶人形には実体がないのに、扉を破れるんですか……？」

「……わからないが、少なくともさっきの木偶人形は、いつものただ徘徊《はいかい》するだけの奴らとは根本的に違うらしい」

次郎も混乱しているはずなのに口調が冷静なのは、おそらく、澪の感情を煽《あお》らないためだろう。

「……とにかく、今はなにも考えずに上の階へ」

次郎はそう言うと、扉から離れて澪の背中を押し、二階へと促した。

これ以上考えすぎると恐怖で身動きが取れなくなりそうで、澪は無心でただ足を動かす。

しかし、ちょうど階段を上り終えたあたりで、一階からふたたび激しい衝撃音が響いた。

澪たちは急いで廊下を走ると、二階の部屋の扉の前で一旦足を止め、背後を振り返る。

今のところなにかが迫ってくるような気配はなく、足元のマメも、警戒こそしているものの吠えてはいない。

ただ、安心できる状況でないことだけは確実だった。

「あの木偶人形って、やっぱり私たちを狙ってるんですよね……」

心に浮かんだ不安が、勝手に口から零《こぼ》れる。

次郎はポケットから残りのお札を取り出して枚数を確認しながら、眉間《みけん》に皺《しわ》を寄せた。

「だろうな。……にしても、動きも速いし力も強く、お札の効果も弱いとなるときついな」

「それって、やっぱり……」

人の、――千賀子の魂を使っているせいだろうかと口にしかけたものの、もはや聞くまでもないと澪は言葉を呑《の》み込む。

答えはついさっき目の当たりにしたばかりであり、たとえ違う答えが返ってきたとしても、そこから希望を見出《みいだ》せるとはとても思えなかった。

千賀子の魂で動く木偶人形は、次郎が別物と表現した通り、これまで見てきたただの操り人形とはまったく違っている。

動力の根源が恨みなのか悲しみなのかわからないけれど、いずれにしろ、非人道的な方法で利用されたものであることに違いはなかった。

そうこうしているうちに、階下からふたたび衝撃音が響き、マメが唸《うな》り声を上げる。

「……いつ扉が壊れてもおかしくないな」

次郎がそう呟《つぶや》き、心臓がさらに鼓動を速めた。

「部屋の中に隠れますか……？」

「それも危険だが、上へ逃げても出口がない以上結局は同じだな。……なら、さっきと同じことを繰り返しながら時間を稼ぐしかないか……」

それはつまり、一階でやったように木偶人形を部屋の奥へ誘《おび》き寄せつつ、それを躱《かわ》して廊下へ逃げ、部屋に閉じ込め封印するというもの。

動きの速さを知ってしまった以上、さっきのように上手《うま》くいくか疑問だが、今澪たちにできることはそれ以外にない。

ただ、それには大きな不安もあった。

「でも、ビル全体で四部屋しかないですし……、もし、全部の扉が壊されたら……」

たとえ計画通りにいったとしても、たった四部屋では追い詰められるのも時間の問題だ。

その後はどうなってしまうのだろうと最悪な予想が頭を過り、思わず声が震えた。

しかし、次郎はあくまで落ち着いた様子で頷く。

「それまでに相手を観察して、対策を考えるしかないな。……ただ、これはただの希望だが、動力源が魂ならなおさら、あれだけの力を長時間持続させられるとは思えない。魂は機械じゃないし、当然消耗する」

「いずれは止まるってことですか……？」

「おそらく」

余裕すら感じさせるその態度は、怯《おび》える澪に配慮してのものだろうとわかっていた。

しかし、今は次郎が口にした希望に縋《すが》るしかなく、澪はゆっくりと頷く。——そのとき。

突如、ドン、と重い音が辺りに響き渡った。

その瞬間に覚えたのは、強烈な違和感。というのも、音の出所は覚悟していた一階の方向ではなく、明らかに、澪のすぐ傍にある扉の向こう側からだった。

「え……？」

事態が把握できず、頭が真っ白になった澪は呆然と扉を見つめる。

『グルル……！』

マメの唸り声が響き渡る中、扉がふたたびガタンと揺れた。

そして、――澪の目の前で、扉はキィと音を立ててゆっくりと隙間を開ける。

「澪！」

突如激しく腕を引かれて我に返ったものの、足は思うように動かず、澪は思いきり階段に倒れ込んだ。

その瞬間、辺りに充満する夥《おびただ》しい数の気配。

おそるおそる振り返った澪の視界に広がったのは、開いた扉の隙間から、目を疑う程の数の木偶《でく》人形がぞろぞろと出てくる光景だった。

「………」

信じられない出来事に、思考が止まる。

木偶人形には、見覚えのある人型もあれば、さっき見た四足歩行の動物型、長い嘴《くちばし》と大きな目を持つ鳥型など、様々な形状が確認できた。さらに奥の方では、首だけが縦に積み重なった柱状の大きなものや、もはや生き物の体すら成していないただの球状のものなどがひしめき合い、うまく身動きが取れないのか不気味にガタガタと動いている。

見る限りどれも人の気配は重なっておらず、動きは決して速くないが、雪崩れるように次々と扉から抜け出してくる姿はあまりにおぞましい。

「おい！　早く立て！」

いまだ頭が回らない中、次郎に無理やり立たされた澪は、腕を引かれるまま足を動かした。

「なん……、なんで……」

「いいから走れ……！」

摑まれた腕にぎゅっと力を込められ、見上げると、珍しいくらいに動揺した様子の次郎と目が合う。

これはただごとではないと、早く逃げなければならないと、頭では理解していた。けれど、どうしても、体が思うように動かない。

あまりに衝撃的な光景を見てしまったせいか、脳と体が上手く繫《つな》がっていないような違和感があった。

そして、ようやく階段を半分程上った頃、突如背後から足首を摑《つか》まれ、バランスを崩した澪は階段に思い切り体を打ち付ける。

一瞬、痛みで意識が遠退きかけたけれど、背後から次々と体に触れる無機質な感触によってすぐに引き戻された。

振り返った澪の目に映ったのは、競うように体の上へ這《は》い上がってくる木偶人形たちの姿。

放心する澪の頭の中は、カラ、カランと煩《うるさ》い程に響く乾いた音でたちまち埋め尽くされた。

ふと、次郎の呼び声が聞こえた気がしたけれど、それすらもあっさりとかき消される。

不思議なことに、恐怖心は凪《な》いでいた。

むしろ意識がなんだか曖昧《あいまい》で、まるで、繰り返し響く音色によって催眠にかけられているかのようにぼんやりしている。

どうやら、もう心が折れてしまったらしいと、どこか冷静に分析している自分がいた。

むしろ、千賀子の姿が重なる木偶人形を見た瞬間から、とっくに折れていたような気もしていた。

やがて、抵抗をやめた澪の視界は、様々な形状の木偶人形たちで埋め尽くされる。

しかし、そのとき。

ふと、間近からひときわ異様な気配がして、澪はわずかに我に返った。

言い知れない不穏な空気にたちまち心臓が鼓動を速め、体を大きく揺らす。

やがて、ギシ、ギシ、と不気味な音が響いたかと思うと、澪にのし掛かる木偶人形たちを押し退けながら迫ってきたのは、――千賀子の顔。

どろりと澱《よど》んだ目に捉《とら》えられ、一瞬、呼吸すら忘れた。

実体はないはずなのに、乱れた髪が澪の頬を撫《な》でるリアルな感触が伝わってくる。

焦げた髪の臭いが鼻を突き、ふいに、悲惨な火事の光景が頭を過《よぎ》った。

この人はきっと、あんな結末を迎えるなんて考えもしなかったのだろうと、ふと思う。

以前、佳代の記憶を通して、廃寺となった妙恩寺《みょうおんじ》を拠点としてたくさんの人からおぞましい依頼を請ける仁明の様子を見せてもらったことがあるが、あのときの依頼者たちは皆、いっさい悪びれることなくむしろ希望に満ち溢《あふ》れた顔をしていた。

人を殺す画策をこんな表情でできるものだろうかと、当時の澪は信じられない気持ちだった。

千賀子もまた、そんな依頼者の中の一人。集落での不審死が千賀子の仕業だったなら、あまりに罪深く、とても許されることではない。

けれど、――ここまでされなければならないのか、と。

目の前に迫る千賀子の虚《うつ》ろな表情を見ながら、なんとも言えない気持ちが込み上げていた。

伊東夫妻にも集落で静かに暮らしていた時代があるはずなのに、欲に駆られた瞬間から、罪悪感が麻痺《まひ》してしまったのだろう。

誰にでも欲はあるが、それを叶《かな》える手段を持つ仁明との出会いは、不運としか言えない。

結果、たどり着いた末路は、あまりにも悲惨だった。

淡々とそんなことを考えながら、目の奥が熱を持つ。

極限の状態の中、これはなんの涙なんだろうと、澪はぼんやりと考えていた。――そのとき。

突如、間近で激しい衝撃音が響くと同時に、体にのし掛かっていたすべての重みがフッと消えた。

続けて響いたけたたましい音と衝撃に目を閉じると、やがて辺りに静けさが戻る。

なにが起きたのかわからず、澪がおそるおそる目を開けた、瞬間。――澪の思考は一気に覚醒《かくせい》した。

「次郎……さん……？」

目の前に広がっていたのは、木偶人形もろとも階段の下に崩れ落ちた次郎の姿。

「逃げろ！　上へ行け！」

次郎は四方八方から伸びる木偶人形の手に体を掴まれながらも、澪に向かって必死に叫んだ。体を張って庇《かば》ってくれたのだと理解した途端、心の中を絶望が支配する。

なかば無意識に駆け寄ろうとした瞬間、次郎からの鋭い視線が刺さった。

「馬鹿！　来るな！」

「どう、して……、次郎さんは……」

「すぐに追うから早く！」

「でも……」

「一人ならなんとかなる！　人の計画を無駄にするな！」

そんなの嘘だと、計画なんてあるはずがないと、澪の心は次郎の言葉を否定していた。

けれど、そうまでして逃がそうとしてくれた思いを無駄にもできず、澪はどうすることもできないまま呆然《ぼうぜん》と次郎を見つめる。

そうこうしている間にも、崩れ落ちた木偶人形たちは次第に起き上がり、澪の方へカクンと首を向けた。一気に込みあげた恐怖で、意識がふっと遠退いた。しかし。

「早く！」

次郎の声に、澪は肩をビクッと揺らす。

「澪！」

名を呼ばれた瞬間、――澪は立ち上がり、上の階へ向かって無我夢中で走った。

心が千切れてしまいそうなくらいに苦しかった。

走りながら浮かんでくるのは、自分のせいだと、勝手に諦《あきら》めて抵抗をやめたせいで次郎に体を張らせてしまったという、どうしようもない後悔。

もし次郎に万が一のことがあったらと思うと、全身から血の気が引いた。

「次郎、さん……」

走りながら、届かない呼び声と一緒に涙が零《こぼ》れる。

本当は引き返したいけれど、次郎の思いを無碍《むげ》にはできなかった。

自分はなんて無力なんだろうと、息苦しい程の胸の痛みを抱えたまま、澪はようやく階段を上りきり廊下をまっすぐに進む。

そして、三階の部屋の扉の前で、一旦《いったん》立ち止まった。

ここに逃げ込んでいいものかどうかは、かなり微妙だった。

追い付いてきたマメが扉の下でクンクンと鼻を動かしながら、怪訝《けげん》な表情を浮かべている。

ただ、そうやって迷っている間にも、階段の方からは木偶《でく》人形たちの足音が少しずつ近付いてきていた。

澪は、もはや運任せとばかりに、勢いよく扉を開け放つ。そもそも、このビルの中で澪の逃げ場はそう多くはないのだからと。

大きな音を立てて扉が開き、一瞬身構えたものの、中は他の階とそう変わらない殺風景な光景が広がっていた。

しんと静まり返っていて、目立った気配もない。どうやら木偶人形は潜んでいないらしいと、澪はひとまず中へ入って内側から扉を閉め、お札を張り付ける。

ただ、これが一時的な対策にしかならないことはわかっていた。

元々は、木偶人形を部屋に誘い込んで閉じ込めながらフロアを移動していく計画だったけれど、あれだけの数の木偶人形がいるならば、それは難しい。

木偶人形の元となるのは、伊東夫妻が集めていた小さな民芸品。工事中のビルには、隠しておく場所なんていくらでもあり、まだ他に潜んでいる可能性も否めない。

どう考えても追い詰められる結末しか想像できず、澪は扉を背にその場に座り込んだ。

廊下の方から不気味な足音が聞こえてくるけれど、もはや神経を張り巡らせる気力すらなく、ぐったりと項垂《うなだ》れる。

しかし、徐々に呼吸が整うにつれ、木偶人形たちの中に埋もれていく次郎の姿が頭に甦《よみがえ》り、全身に震えが走った。

切羽詰まった状況の中、促されるままに逃げてしまったけれど、やはりあれは間違いだったと強い後悔が込み上げてくる。

たとえ共倒れになろうとも、絶対に次郎の傍にいるべきだったと。

――戻ろう。

心の中でそう呟《つぶや》いた途端、腹が据わった。

澪は立ち上がり、扉の方へ体を向ける。

カリ、カリ、と、廊下からは扉に爪を立てるような音が響いているけれど、覚悟はすでに決まっていて、恐怖は感じなかった。

澪は、扉を開けてから次郎の元へ向かうまでの手順を頭の中で慎重にシミュレーションする。

廊下にも階段にも多くの木偶人形がいることは確実だが、窮地に立たされた今、もはや千賀子の魂が宿った木偶人形以外はそう脅威に感じなかった。

『クゥン』

マメが不安げに鳴き声を上げる。

「マメ、もし私に――」

なにかあったときは、と言おうとして、口を噤《つぐ》んだ。

たとえなにかあったとしても、マメには会えるだろう。すでに思考が普通でなくなっていることは、案外冷静に自覚していた。

澪は一度ゆっくり息を吐き、取手に手をかける。

そして、思い切り力を込めようとした、――そのとき。突如扉が開き、澪の体は背後に大きく弾《はじ》き飛ばされた。

なにが起きたのか、まったくわからなかった。

体を床に酷《ひど》く打ち付け、痛みにうずくまる澪の体を、扉の方から吹き付ける生ぬるい風が撫《な》でる。

それは、触れた瞬間に全身が粟立《あわだ》つような、どこか異様な風だった。

うっすらと目を開けると、暗い中、廊下の方でかすかに動く気配が確認できる。

千賀子が追い付いて来たのだ、と。

そう考えた瞬間、ドクンと心臓が揺れた。

千賀子の木偶人形がここにいるという事実がなにを意味するか、考えた瞬間に背筋がゾッと凍りつく。

「次郎……さんは……？」

なかば無意識に、問いかけていた。

当然ながら反応はなく、木偶人形はギシ、と音を立ててじりじりと澪に迫る。

「どこに、やったの……」

無意味だとわかっていながら、言葉が止まらない。

そのときの澪にとって一番恐れていることは明確であり、たとえ自分の命が脅かされようとも、とても構ってはいられなかった。

「ねえ……、どこにいるの……？」

込み上げる不安に比例して、声が大きくなる。

しかし、そのとき。

『クゥン』

マメの不安げな鳴き声が響き、ふと、強い違和感を覚えた。

マメが、なんだか戸惑っている。

澪に危険が迫ったときは、どれだけ恐ろしい相手だろうと威嚇を止めないマメの反応としては、明らかに不自然だった。

「マメ……？」

名を呼ぶと、マメは澪と木偶人形を交互に見ながら瞳《ひとみ》を揺らしている。

澪はその反応の意味を考えながら闇の中で動く木偶人形に目を凝らし、――その瞬間、息を呑《の》んだ。

それは、異様な気配を放っていながらも、四足歩行で動いていた千賀子の輪郭とはまったく違っていた。

「誰……」

問いかけながらも、木偶人形からかすかに伝わってくるのは、よく知る気配。

ふと、考え得る中でもっとも悪い仮説が頭を過《よぎ》った。

それは、どんなに否定し抵抗し隅に追いやろうとしても、脳の中で勝手に組み立てられていく。そして。

「……駄目、ですよ、そんなの……」

自然と敬語に変わった語尾が、仮説が確信に変わったことを意味していた。

同時に木偶人形が澪の間近まで迫り、――澪の目は、木偶人形の輪郭にぼんやりと重なる次郎の目に捉《とら》えられる。

悲鳴を上げる余裕すらなく、澪はただ真っ白になった頭で、変わり果てた次郎の姿をただただ呆然《ぼうぜん》と見つめていた。

すると、次郎を宿した木偶人形はギシ、と鈍い音を鳴らしながら、澪を床へ押さえつける。

抵抗をしようという気持ちは、奇妙なくらいに湧かなかった。

むしろ、ただ淡々と、ここで死ぬのだろうかと考えていた。

澪はゆっくりと目を閉じる。

次郎に殺される未来なんて想像もしていなかったけれど、心は不思議と穏やかだった。

それくらい次郎に心を許していたのだと、澪は改めて実感する。

「……次郎さん、を」

ぽつりと零《こぼ》れる声。

次郎に反応はなく、澪を押さえつける力も緩まない。澪もまた、次郎に届けばいいなんて望んではいなかった。

「一人で、死なせるくらいなら……、私も――」

言い終えないうちに、喉元《のどもと》を押さえつけられる。

声は途切れて呼吸もままならず、手足も動かないけれど、もはや焦りはない。〝次郎を一人で死なせるくらいなら私も〟という言葉に嘘はなく、そして、澪の心はもう限界だった。

ふっと意識が遠退き、苦しさが切り離される。

終わりかけている運命に、流されるまま身を委《ゆだ》ねている自分がいた。

しかし、とうとう意識が途切れかけた、そのとき。

なにもなくなってしまったはずの心に唐突に浮かんだのは、階段での光景。

次郎が澪を庇《かば》って木偶人形に突っ込む姿が、まるで映像を停止したように脳裏に張り付いたまま離れない。

それを見て感じるのは、やはり後悔以外になかった。

あのとき、次郎の言うことなんて聞かずに駆け寄っていればと、――逃げたところで結局こういう結末を迎えるのならば同じだったのにと、どうにもならない思いが心に重く広がっていく。

これを思い残しと呼ぶのだろうかと、澪はどこか冷静に考えていた。

――次郎さん……。

心の中で名を呼んだつもりが、思いの外、大きく響く。

何度この名を呼んできただろうかと、しみじみと過去の日々を思った。

――次郎、さん……。

澪はその響きを確かめるように、もう一度呼ぶ。

すると、――ふいに、遠くから次郎の声が聞こえた気がした。

もちろん、幻聴だとわかっていた。最期の瞬間を前に、数々の記憶が巡っているのだろうと。

それでも、いっそ幻聴でも構わないから次郎の声が聞きたくて、澪はもう一度口を開く。――そのとき。

「――澪！」

今度はあまりにはっきりと声が響き、澪は一気に現実に引き戻された。

うっすら目を開けると、周囲に広がっていたのは、さっきと変わらない工事中の部屋の光景。

ただし、目の前には、本物の次郎がいた。

なにがどうなっているのか、理解ができなかった。幻聴に続く幻覚に違いないと思っていながらも、澪はおそるおそる次郎の顔に手を伸ばす。

しかし、指先にほんのりと体温を感じた瞬間、本物だと、——木偶《でく》人形に重なる虚《うつ》ろな姿ではなく、いつも通りの次郎だと確信した。

「……なん、で……。私、さっき……」

疑問は限りなく浮かんでくるのに、頭が混乱してうまく言葉にならなかった。一方、次郎はほっとしたように息をつく。

そして、突如、思いもしない言葉を口にした。

「覚えてないのか。……木偶人形の中に突っ込んだこと」

「え……？」

「千賀子の木偶人形に摑《つか》みかかってそのまま気絶したことは？」

「……誰の話ですか」

「お前しかいないだろ」

次郎が話した出来事は、澪の記憶とまったく違っていた。

あのとき澪は確かに木偶人形に捕まり、次郎に庇われて三階へ逃げたはずだ。

「……私、次郎さんを置いて逃げましたよね……？」

尋ねると、次郎が眉根《まゆね》を寄せる。

「気絶してる間に逃げる夢でも見てたんだろ。実際は今言った通り、捨て身の強襲だった」

「…………」

いくら説明を聞いたところで記憶も実感もなく、まるで、他人の話を聞いているような感覚だった。

いつまでも放心している澪に、次郎はさらに言葉を続ける。

「あの後、千賀子の木偶人形は動かなくなった。……さっきも言った通り、消耗しきって限界を迎えたんだろう。もっともまたいつ動き出すかはわからないが。……ともかく、想定外の幸運のお陰でなんとか逃げ切れた」

「そんな……ことが……」

「……おい、なんでお前が憔悴《しょうすい》してるんだ。……お前を抱えて階段を駆け上がったせいでこっちは満身創痍《まんしんそうい》だぞ」

「……次郎さん」

「なんだ」

「生きてるんです、よね……？」

「は？　だからお前のせいで死にそうだって言っ――」

衝動的に、抱きついていた。

苦情を言う次郎があまりにもいつも通りで、とても抑えられなかった。

ふわりと次郎の香りがし、生きているという実感がさらに込み上げ、心がぎゅっと締め付けられる。

澪が見た夢のことなんて知る由もない次郎はさぞかし戸惑っているだろうと思うのに、どうしても離れることができなかった。

「……私、軽かったはず、です……、ダイエットしたし……」

せめてもの誤魔化しのつもりでそう言うと、次郎がやれやれといった様子で肩をすくめる。

「それ多分失敗してるぞ」

「ひど……、それ、ハラスメントですから……」

「なら今にも絞め落とされそうなこの現状は、暴行だな」

「……泥沼じゃないですか」

笑い声には涙が混ざっていた。けれど、笑ったお陰か、気持ちがわずかに落ち着きを取り戻す。

「次郎さん……」

「ん」

「生きてて、よかったです……」

「こっちのセリフだ。ヒヤヒヤさせるな」

頭にふわりと次郎の手が触れた。

声は迷惑そうなのに、その仕草はあまりにも優しい。

澪はようやく体を離し、改めて周囲の様子を確認した。

目線の先には何枚ものお札が張り付けられた扉があり、状況が好転していないことだけは把握できる。

「あの……、まだ少し、夢と現実が混濁していて……。今、どういう状況なんでしょうか……」

問いかけると、次郎は小さく息をついた。

「追い込まれてる。……ちなみに、ここは四階だ。もう後がない」

「え、だけど、三階は……」

「木偶人形だらけだった。この部屋にもいたが幸い数が少なく、どういうわけか動きも鈍くなっていて、なんとか廊下に追い払った。……ただ、お陰でお札は全部使い切ったし、そろそろ千賀子の木偶人形が動き出すかもしれない」

次郎が口にした内容は、思っていた以上に救いがなかった。

けれど、すでに夢の中で最悪なケースを体験したせいか、次郎が目の前にいるだけで十分希望を持つことができた。

「ここでなんとか粘るしかないですね……」

そう言うと、次郎の視線が刺さる。

「……言っておくが、もうさっきみたいなのはやめろよ」

「さっき……、っていうのはつまり」

「捨て身の特攻みたいなことは、するな」

間近から睨《にら》まれ、思わず目が泳ぐ。

ただ、澪にも言い分はあった。

「でも、最初に捨て身の特攻をしたのは次郎さんじゃないですか……」

「俺は捨て身じゃない。勝算あっての行動だ」

「嘘ばっかり……。だって次郎さんは——」

ふと、夢で見た次郎の姿が頭を過《よぎ》り、背筋がゾクッと冷える。

「俺が、なんだ」

「……いえ。……というかあの、念の為にもう一回触ってもいいですか……？」

「は？」

唐突なお願いに、次郎は気の抜けた声を上げた。

おかしなことを言っている自覚はあったけれど、説明のしようがなく、澪は勢い任せに次郎の手に触れる。

改めて骨張った手を両手で包み込むと、ほんのりと体温が伝わってくる。

次郎はとくに抵抗することなくされるがままで、澪はほっと息をついた。

「……ただの、確認ですから」

言い訳のように呟《つぶや》くと、次郎が小さく笑った。

「どんな夢を見たのか知らないが、俺はそう簡単には死なない。だからお前はまず自分を優先しろ。……もう何百回も言ってるが」

「……これから先も、何万回も言ってください」

「反省の色がまったくない」

次郎はすっかり呆《あき》れていたけれど、かといって手を引っ込める様子はない。

おそらく、意識を戻してからの澪の様子のおかしさを気にしてくれているのだろう。

そのお陰で、澪は次郎が生きていることをしっかりと実感することができ、ようやく手を離した。

すり減っていた精神が、一気に持ち直したような感覚を覚える。

ただ、携帯を見れば時刻はまだ深夜一時。朝まではまだまだ長い。

「高木さんや晃くんが、異変に気付いてたりしないでしょうか……」

現在考えられる唯一の希望を口にすると、次郎は少し考えてから首を横に振った。

「高木も溝口も、俺らに電話が繋《つな》がらなければ不審に思うだろうが、向こうに異変が起こらない限りは自分からかけてくることはないし、気付きようがない。まあ、今回の監禁の目的が俺らへの脅しなら、オフィスの方はなにも起きてないだろうな」

「じゃあ、やっぱり朝まではなんとかしないとですね……」

澪は頷《うなず》き、立ち上がって扉の前まで移動すると、耳を当てて廊下の様子を窺《うかが》う。

けれど、廊下からは物音ひとつせず、むしろ異様なまでに静まり返っていた。

澪はふと、木偶《でく》人形が動ける時間には制限があるという、次郎の仮説を思い浮かべる。

「そういえば、木偶人形は全部の部屋に仕込まれてたみたいですけど、私たちが逃げたフロアごとに順番に動きだしましたよね……。一気に動かせば、挟み撃ちもできたはずなのに。それも、動く時間が限られているから、常にどれかが動いていられるよう計算した結果ってことでしょうか……」

それはただの思い付きだった。

次郎は少し考え、ゆっくりと頷く。

「わからないが、多分。四階の木偶人形の動きが異様に鈍かったのは、俺らの行動を読み違えていたせいかもしれない。……だとすれば、不幸中の幸いだったな」

確かに、もし次郎が四階に入れていなかったなら、今頃どうなっていたかわからない。

まさに不幸中の幸いだが、最悪なパターンも十分にあり得たと思うと、背筋がぞっと冷えた。

「それにしても怖かったですね……。千賀子さんの魂が宿った木偶人形はもちろんですけど、それ以外にもいろいろいましたし、全体的に動きも少し速くなってる気が……。前より進化してるのかな……」

「それは否めない。……が、そのお陰で稼働時間が減ってるんだとしたら、今日に関しては都合がよかったな」

確かに次郎の言う通りだった。

前に遭遇した木偶人形は朝方まで徘徊《はいかい》していたけれど、動きは遅く、澪たちの気配を察する能力もかなり低かったように思える。

しかし、今後も進化を続けると思うと、不安は膨らむ一方だった。――そして。

「っていうか……、私、木偶人形に触っちゃいましたけど……」

唐突に思い出したのは、初めて木偶人形に追われた集落の森で東海林からもらった、重要な忠告。

たちまち額に滲《にじ》んだ汗を拭《ぬぐ》う余裕もないまま、澪はさらに言葉を続ける。

「木偶人形に触ったら、私たちの情報が呪い主に――、仁明に、伝わっちゃうっていう話でしたよね……？　どうしよう……、仁明はもう、私たちの存在を認識してしまったでしょうか……」

喋《しゃべ》りながら、全身からじわじわと血の気が引いた。

しかし、そんな澪を他所《よそ》に、次郎は平然と頷く。

「もうとっくに勘付いてるだろ。木偶人形はお前の予想通り進化していて、もっとも大きな変化はお札があまり効かないってことだ。つまり、霊やら式神やらに精通する人間を意識した対策が講じられている。……そもそも、密室にこれだけ仕込まれて、触れずに逃げるなんて無理だ」

「で、でも……」

「どうせ、いつまでもバレずに躱《かわ》し続けられるなんて思ってない。それに、もう想定以上の時間稼ぎはできた。関連する人間の尻尾《しっぽ》も摑《つか》みはじめてるし、十分だろ」

さもなんでもないことのようにそう言われ、澪は正直戸惑っていた。

ただ、それも怯《おび》える澪への配慮だとわかっていたし、今さらどうにかなることでもなく、結局は頷く。

「……だったら、いいんですけど……」

澪は扉を背に床に座り、外から差し込む灯りをぼんやりと見つめた。

じっとしていると、体のいたるところが痛みはじめる。

確認していないけれど、かなりの箇所に怪我や打撲を負っているという自覚はあった。

階段やら床に何度も倒れたし、記憶がない間に木偶人形に突っ込んだという話が本当ならば、おそらく体は自分が思う以上にボロボロだろう。

意識した途端、かすかな血の臭いが鼻についた。

けれど、傷を見てしまったら心が折れそうで、澪は黙って膝《ひざ》を抱える。――そのとき。

ギシ、と。

聞き覚えのある音が響き、澪と次郎が同時に顔を上げた。

マメがふわりと姿を現し、廊下に向かって唸《うな》りはじめる。

「……復活したようだな」

次郎の声が、澪の緊張を煽《あお》った。

心臓がドクドクと鼓動を速める中、復活したのはどの木偶人形だろうかと、澪は息を潜めて廊下の音に集中する。

普通の木偶人形かまたは千賀子か、どちらが動き出したかによって、澪たちの運命は大きく変わるだろう。

そして。

「――澪、扉から離れろ！」

次郎の叫び声と同時に、扉がドン、と激しい音を立てて大きく揺れた。

澪は床に倒れ込んだけれど、次郎が叫んでくれたお陰で衝撃をモロに受けることなく、すぐに体を起こす。

見れば、扉には相当な力が加わったらしく、内側に大きく撓《たわ》んでいた。

「これって……」

復活したのは千賀子の木偶人形だと、目の前の惨状が物語っている。

ついにこのときがきてしまったと、たちまち心の中を不安と恐怖が支配した。

次郎はすぐに扉に駆け寄り、剝《は》がれかけたお札を押さえつけ、澪を扉の脇へと促す。

そして。

「扉が開いた瞬間にお前は廊下に逃げろ」

淡々と、そう口にした。

たちまち脳裏に蘇《よみがえ》る、木偶人形に成り果てた次郎の姿。

考えるよりも先に、澪は首を横に振っていた。

「無理です……。さっき、どれだけ後悔したと思ってるんですか……」

「……なんの話だ」

「私はもう、次郎さんを犠牲にして逃げるのは絶対に嫌です……」

夢と現実がごっちゃになっていることは、わかっていた。

次郎は明らかに戸惑った様子で眉《まゆ》を顰《ひそ》める。

けれど、それでも、言わずにはいられなかった。

「……どうせお札がないんだから、逃げたっていずれは追い付かれます。だったら、抵抗するにしろ逃げるにしろ、バラバラになるより二人でいた方がいいはずです……。二人なら、なんとかできるかもしれないですし……」

「なんとかって、なんだ」

「……そ、それは……、倒す、とか」

「……おい、実体がないものをどうやって」

「実体がなくても、元になってる民芸品があるはずだし、どうせもう触っちゃったんだから、見付けて壊しちゃえばなんとか……」

「そんな簡単な話じゃ――」

次郎が最後まで言い終えないうちに、ふたたび扉に激しい衝撃が走った。扉と壁を跨《また》いで張られていたお札が何枚か破れ、辺りに破片が舞い散る。

もう扉はそろそろ限界だと、澪は覚悟を決めた。

そして、次郎のジャケットの裾《すそ》をぎゅっと摑む。

「とにかく、私も一緒にいます」

これだけは、なにを言われても断固貫き通すつもりだった。はっきりそう言うと、次郎が大きく瞳《ひとみ》を揺らす。そして。

「……頑固者」

溜《た》め息と同時に呟《つぶや》かれたそのひと言に、澪はほっと息をついた。すると、次郎は澪の腕を引いて扉から少し離れる。

「次の衝撃で、扉ごと弾《はじ》け飛ぶだろう。奴が部屋の奥へ転がり込んできたら、ひとまず廊下に出て扉が無事な三階の部屋まで走るぞ。もし他の木偶《でく》人形で部屋が埋め尽くされていた場合は、二階に。それで駄目なら、……そのとき考える」

澪は次郎の説明を頭の中に刻みつけ、ゆっくりと頷《うなず》く。〝それで駄目なら〟の続きに希望がないことは、もちろんわかっていた。

それでも、自分だけ逃げることを考えるよりはずっと気が楽だった。

張り詰めた空気の中、澪は固唾《かたず》を呑《の》んで次の衝撃を待つ。

辺りは異様なまでに静まり返っていて、それが逆に不気味だった。

やがて、廊下の方からついに、ギシ、と不気味な音が響く。

澪は固く目を閉じ、拳《こぶし》をぎゅっと握りしめた。――けれど。

覚悟していた衝撃は、どれだけ待っても訪れなかった。

澪はこわごわ目を開け、壁に耳を当て廊下の物音を確認する。

しかし、物音どころかなんの気配も伝わってこない。

ふと思い立って足元のマメを見ると、マメもまたキョトンとした表情を浮かべていた。

「また、止まっちゃったんでしょうか……」

「さっき動きだしたばかりだぞ」

「でも……」

わけがわからず、澪たちは顔を見合わせて首を傾げる。

すると、そのとき。

突如、何者かが階段を駆け上がってくる軽快な音が響いた。

明らかに木偶人形が動く音とは違っていて、澪は壁に耳を押し付ける。

「なんか……、誰か来たっぽいんですけど……」

「誰か？」

「もしかして、高木さんじゃ……！」

それ以外に考えられず、澪の警戒が勝手に緩んだ。

一方、次郎は変わらず険しい表情を浮かべている。

すると、間もなく扉の取手を掴んでガタガタと揺らす乱暴な音が響いた。どうやら、扉が歪《ゆが》んでなかなか開かないらしい。そして。

「なんなんだ……。なにが起きたらこんな……」

廊下の方から響く、男の声。

それは、高木のものではなかった。

澪はふたたび緊張を覚え、激しく揺らされる扉を見つめる。やがて、扉はガタン、と大きな音を鳴らしてついに開け放たれた。

同時に眩《まぶ》しい光に照らされ、澪は目を閉じる。

「なっ……、人……？　ど、どうして……！」

ガランとした部屋に響きわたる、動揺した声。

光に手を翳《かざ》しながらうっすらと目を開けると、男は慌てて当てていた光を少し逸《そ》らし、駆け寄ってきた。

その瞬間、濃い香水の匂いがムワッと広がる。

「き　君はもしかして、第六リサーチの……」

ドクンと心臓が揺れた。

澪もまた、この男に心当たりがあった。さっき向けられた強い光の残像のせいで視界は悪いけれど、この濃密な香りをはっきりと記憶している。

「もしかして、梶さんですか……？」

「ああ、梶だ。君はやっぱり……、ええと、新垣《しんがき》さんだったか」

目の前の男が梶だと確定した途端、頭の中に次々と疑問が浮かび上がる。

というのも、澪たちは、梶こそこのビルでの調査を画策した張本人だと予想していた。

しかし、梶はこれ以上ないくらいに動揺している。

もちろん演技の可能性もあるが、だとすれば、こうしてわざわざ現れる理由がわからない。

梶は懐中電灯代わりにしていた携帯を床に置いて辺りを広く照らし、澪たちを交互に見つめた。

「これはいったいどういう……。というか、そもそもどうして新垣さんたちはここに……？」

おかしな質問に、澪はポカンと梶を見上げる。

「あなたからの調査依頼だったはずですが」

言葉の出ない澪の代わりに、次郎がそう言った。

しかし、梶は首を横に振る。

「いや、僕は依頼なんかしていないし、誰にもそんな指示をした覚えはない」

「……どういうことですか」

「僕が聞きたいよ。……伊原さんも同じことを言っていたから慌てて戻ってみれば、こんな……」

「伊原さん？……あの、詳しく教えてください」

聞けば聞く程、頭の中はこんがらがる一方だった。

梶は頷き、一度ゆっくりと深呼吸をする。

「……そもそも、このビルの運用や管理は人に任せていて、僕はほぼ関与していないんだよ。なのに、さっき突然このビルの調査の件で伊原さんから連絡があって。依頼に関する請書《うけしょ》が遅れて申し訳ないっていう内容だったんだけど、なんのことかわからなくて。電話してみたら、予定通り今日から調査を始めてるって言うし……。なんだか嫌な予感がして出張先から慌ててタクシーで戻ってみれば、こんな……」

つまり、梶はこの調査のことを一切知らなかったということになる。

「しかし、我々も梶さんからの依頼だと聞いています。改装中のビルに心霊現象が起こり工事が進まないため、調査をしてほしいと。しかも、今日明日で終わらせるようにという内容でしたが」

次郎がそう言うと、梶は首を横に振った。

「所有者は僕だから、店の出店計画や改装についての話は聞いているし、承認もした。ただ、調査のことに関してはなにも聞いていないんだ」

「ちなみに、このビルの管理は誰に任せているんですか？」

核心を突く質問に、澪は思わず息を呑む。──そして。

「それは……、アクアの件で新垣さんは面識があると思うけど、寺岡だよ」

さらりと出た名前に、澪は硬直した。

「寺岡さんって、アクアのマネージャーの……」

ふと、アクアの調査で出会った寺岡の姿が頭を過《よぎ》った。

真面目で優しく、怖がりで、澪たちをいつも気遣ってくれた数日間のことを思い浮かべると同時に、全身から血の気が引いていく。

「そうだけど、なにか……？」

「じゃあ……、この件って、寺岡さんが梶さんの許可を取ることなく、でも梶さんの名前を使って、伊原さん経由で依頼したということでしょうか……」

「詳しい経緯は本人に聞いてみないとわからないけれど……、少なくとも僕はここの調査に関して事前になにも聞いていないからね……」

おそらく梶は寺岡を信用していたのだろう、揺れる瞳から戸惑いが窺《うかが》えた。

しかし、梶はふいに澪の袖《そで》に滲《にじ》む血の跡に気付き、ポケットからハンカチを出して差し出す。

「そんなことより、二人の怪我はこの調査中に……？　一体このビルでなにが……」

「──監禁されました」

梶の言葉を遮って、次郎がそう答えた。

あまりに直接的な言い方に、澪は驚く。しかし。

「……やっぱり、そうなのか」

梶は真っ青な顔でそう呟いた。

「やっぱり、というのは？」

「いや……、エントランスの扉が、内側から開かないよう鉄パイプと金具で厳重に固定されていたからね……、そんな不自然なことをする理由なんて、物騒な目的以外に考えられないだろう……？　なんだか嫌な予感がして駆け込んできたんだけど、それもまさか寺岡が……？　だけど、どうして君たちを……」

「……聞いてみてもらえませんか」

「……寺岡に？」

「ええ。今すぐ」

次郎から鋭い視線を向けられた梶はしばらく黙り込み、それから不安げに頷《うなず》いた。しかし、床に置いた携帯を拾い上げ、操作しかけて眉《まゆ》を顰《ひそ》める。

「おかしいな、電波が……」

「ビルの中は通じません。おそらく、通信抑止装置が作動していると思います」

「そ、そんなことまで……？　あまりに計画的じゃ……」

「計画的ですよ。下手すれば命も危なかった」

「………」

次郎の言葉で、梶の顔からさらに血の気が引いた。ことの深刻さをじわじわと実感しているのだろう。

梶は無理やり混乱を抑えるかのように、綺麗《きれい》にセットされていた髪を雑に掻《か》き回し、それから澪に手を差し出す。

「外で電話をかけるから、二人とも一緒に外に……」

梶の手は、目で見てわかる程に震えていた。

それが演技だとは思えなかったけれど、こんな目に遭った後で手放しに信じることもできず、澪はその手を取らずに立ち上がる。

「自分で立てます……。それに、こういうことは慣れているので……」

そう言うと、梶は所在なげに手を引っ込め、それから澪たちを建物の外まで先導した。

おそるおそる進んだものの、木偶《でく》人形の姿はもうどこにも見当たらず、その代わり、いたるところにボロボロになった民芸品が転がっていた。

それらは人型だけでなく、中には動物や乗り物を象《かたど》ったものもあり、澪たちを襲った木偶人形たちの多種多様な姿を思い返して恐怖が蘇《よみがえ》った。

近くを歩くことすら躊躇《ためら》う澪を他所《よそ》に、次郎はその中のいくつかを回収し、ポケットに突っ込む。

木偶人形にはもう何度も触れてしまっているし、今さら避けても仕方がないとわかっているけれど、そのなんの躊躇いもない動作には驚きを隠せなかった。

ようやく外に出ると、夜の空気が懐かしくすら感じられ、澪は体から埃《ほこり》っぽい空気を追い出すかのように何度か深呼吸をする。

新宿の空気を清々《すがすが》しく感じるなんて、信じられない体験だった。

そんな中、梶は澪たちから少し離れ、早速電話をかけはじめる。

一方、次郎はエントランスの周囲の様子を携帯の動画に収めていた。

その冷静さにほとほと感心しながら、澪はその横に並ぶ。すると。

「澪、……見てみろ」

ふいに次郎が足元を指した。

薄暗くてよくわからないが、そこには梶が話していた通りの鉄パイプが転がり、強引に固定を外した形跡が見て取れる。

「思った以上に原始的な方法だったんですね……」

溜《た》め息をつくと、次郎は首を横に振った。

「そこじゃない、その横」

「横？」

次郎が指差す方向に視線を向けた瞬間、全身にゾッと寒気が走る。

そこにあったのは、不気味な筆文字が綴《つづ》られた、細い紙。それは忘れもしない、アクアで発見した藁人形《わらにんぎょう》に巻き付けられていたものと同じだった。

扉と壁を跨《また》ぐように貼られていたらしく、今は真っ二つに千切れている。

「次郎さん……」

「おそらく、千切れたら呪いが途切れ、中の木偶人形が止まる仕掛けになっていたんだろう。だから、梶が扉を開けた瞬間に木偶人形の気配がなくなった。……今さら言うまでもないが、間違いなくアクアと同じ人間が関わってる」

「それって、つまり……」

寺岡だろうか、と。

口にするのも恐ろしく、澪は電話をかけに行った梶の後ろ姿を見つめる。

しかし、梶はすでに電話を終えていて、ぼんやりと立ち尽くしていた。

「次郎さん、梶さんが……」

「……予想通りの展開だな」

「え……？」

次郎はなにも答えず、梶の方へ向かった。

戸惑いながらその後に続くと、梶は二人を交互に見つめ、首を横に振る。

「……寺岡の携帯は、解約されているようです。現在使われていない番号だと、アナウンスが」

「でしょうね」

次郎はやはり冷静だった。さっき口にしていた「予想通り」という言葉は、つまりそういうことだったのだろう。

梶はその場にがっくりと膝《ひざ》をつき、ふたたび雑に頭を掻く。

「ええと……、つまり、寺岡が二人を監禁して……、というか、どうしてそんな……、ビル一棟使ってまで……」

混沌《こんとん》とした呟《つぶや》きから、みるみる混乱を極めていく様子が手に取るように伝わってきた。

「……最初から、姿を消す気だったんでしょう」

次郎が梶の呟きを遮るように口を開く。

「最初から……？」

「ええ。大掛かりな仕掛けをし、梶さんの名前まで使ったことを考えると、取り繕う意思はないらしい。もう捜しても見つからないと思います」

「ええと……、彼はいったい……」

「よくない犯罪組織に加担している可能性がある、とだけ言っておきます。……詳しくはお話しできませんが」

「犯罪組織……？」

「ただの可能性です。……ですが、深追いはお勧めしません」

次郎は詳細を話さなかったけれど、その口調から、梶が黒幕に関与している可能性をすでに除外しているように思えた。

梶はしばらく呆然《ぼうぜん》とした後、ハッと我に返る。

「そ、そうだ、警察を……！」

しかし、携帯を操作しはじめた梶を、次郎が咄嗟《とっさ》に制した。

「梶さん、待ってください」

「どうして止めるんだ……、君らは寺岡に監禁され、殺されかけたんだろう……？　い、いや、先に救急車か……」

「我々は大丈夫です。救急車は必要ありません。……それよりも、可能ならこのことを公にしないでもらえませんか」

「は……？」

梶が呆気《あっけ》に取られるのは無理もなかった。

被害者の方から公にしないでほしいと頼むなんて、普通はあり得ない。

しかし、次郎はポカンとする梶を前に、さらに言葉を続ける。

「ご理解いただくのは難しいかもしれませんが、我々はその犯罪組織を追っているので、この件を慎重に進めたい。……ビルの破損箇所に関しては、うちで持っても構いません」

「いや、そんなのはどうでも……」

「梶さんへの影響を考えても、その方が都合がいいはずです。……聞いていただけませんか」

「…………」

梶は、戸惑っていた。

衝撃的な事実に直面しながらも、先に澪たちの怪我を気にかける様子から、テレビで見る豪快な振る舞いに反して根は真面目なのだろう。

ただ、自分が所有するビルで、自分が抱える従業員による監禁事件が明るみになると、梶の今後の活動に大きな影響を及ぼすことは否めない。

次郎の提案は人生に関わる究極の選択であり、受けるべきかずいぶん迷っているようだった。

「梶さん、どうかお願いします」

次郎は、揺れる天秤《てんびん》に錘《おもり》を載せるかのように、重々しい口調でそう言う。

梶はビクッと肩を揺らした。

「しかし……、これは犯罪だし、ずっと隠し通すことなんて……」

「我々さえ黙っていれば事件にはなりません。たとえ明るみに出たところで、加害側には警察に差し出す身代わりがいくらでもいるかと。……むしろ、困るのは我々と梶さんだけです」

「…………」

無言は、諾の答えも同然だった。

やがて梶はその場に力なくへたり込む。異常なことが一気に起こり、とても受け入れきれない心境が嫌というほど伝わってきた。

「梶さん……、大丈夫ですか？」

たまらず声をかけると、梶はゆっくりと顔を上げる。疲れきったその表情に、いつもテレビで観るときの華々しいオーラはなかった。しかし。

「新垣さんこそ、怪我は平気……？」

不安を訴えてくるかと思いきや、この局面でなお怪我に気を配ってくれる気遣いに、澪は驚く。

「さっきも言った通り、慣れてますから。……ハンカチ、ありがとうございます。今度お返しします」

そう言うと、梶はわずかに目を細めた。

「ハンカチなんてどうでもいいよ。それより、今度きちんとお詫《わ》びをさせてほしい。……今は頭が回っていないから、近いうちに伊原さんを通じて連絡させてもらっても構わないかな……」

「そんな、お詫びなんて……」

「頼むよ。そうしないと僕の気が済まない」

梶に引き下がる気配はなく、このままでは永遠にこの応酬が続きそうな気がして、結局澪は頷《うなず》く。すると。

「では、我々は戻ります」

次郎がそう言って、梶に背を向けた。

澪は戸惑いながらも、梶にぺこりと頭を下げて次郎の後を追う。

遠くから響く喧騒《けんそう》を聞きながら静かな路地を歩いていると、ようやく現実に戻ってきたような感覚を覚えた。

今となっては、さっきまでのことがすべて夢だったような気すらした。

澪はふと思い立ち、梶から借りたハンカチを見つめる。そして。

「……これには、変な仕掛けはないでしょうか」

そう呟くと、次郎が少し驚いた表情を浮かべた。

「お前にしては珍しい発想だな。普段なら、梶はシロだと言い切るところだろ」

「もちろんそう思いたいですけど……、寺岡さんのことで、私には人の嘘が見抜けないんだって改めて実感したんです。……嘘なんて別に、いくらでもつけますもんね。安易に信用して大切な人が傷つくようなことがあったら、たまらないので」

そう言いながら、澪は自覚していた。自分が思う以上に、寺岡のことで心が荒《すさ》んでしまったのだと。

同時に浮かぶのは、沙良のこと。

信じると強く持っていた思いが、寺岡のことがあってか、じわじわと不安に侵食されていくような感覚を覚える。

「そもそも勝手に信用したのはこっちなので、裏切られたなんて言い方はおかしいんでしょうし、だからせめて教訓にします。そう考えると、誰かを信じるってすごく消耗するっていうか……、なんだか、怖くなりました。だったらいっそ——」

言い終えないうちに、次郎の手のひらが頭に触れる。

驚いて見上げると、そのままガシガシと雑に頭を掻《か》き回された。

「じ、次郎さん……？」

「感心だが、それはお前の役目じゃない」

「は……？」

「あまりややこしいことを考えるな。たいして知りもしない相手が裏切っていようがどうだっていいだろ」

「どうだっていいなんて……」

「だいたい、お前には片っ端から疑うなんて無理だ。向いてない」

「そんなこと……！」

「……いいんだよ、向いてなくて」

ふいに涙腺《るいせん》が緩んだ。

次郎のたったひと言で、自分の甘さやふがいなさを丸ごと認めてもらったような気がして、心がぎゅっと締め付けられる。

「……そんなのに向き不向きなんて、あります……？　というか、次郎さんは向いてるんですか……？」

泣きそうな気持ちを誤魔化すためにあえて突っかかると、次郎は澪の頭から手を離し、小さく笑った。

「お前よりは」

「……私を基準にしたらわかりにくいです」

「確かに」

「確かにって……」

不満を言いながらも、澪は心の軽さに気付く。

澪にとって次郎の言葉の影響力がどれ程大きいかを、改めて実感していた。

「……次郎さんは、誰のことも疑えますか？」

ふと、なかば無意識の問いが零《こぼ》れる。

「疑おうと思えば」

淡々と返ってきたのは、想定通りの答え。

「……私のことも？」

言いながら、なんて甘えた問いかけだろうと思った。

けれどもう取り消しはきかず、澪は「当然」という返事を想定して密《ひそ》かに覚悟を決める。しかし。

「いや」

思いの外、次郎は首を横に振った。

「……え？」

「お前のことは、疑えない」

「…………」

「自分で聞いておいて、なんだその顔」

澪はポカンとしながら、あんなことがあった後だからきっと気を遣っているのだと、納得する理由を無理やり思い浮かべる。

そうでないなら、都合のいい幻聴だと。――しかし。

「お前程単純な奴まで疑いだしたら、時間がいくらあっても足りないだろ」

今度はさも次郎らしい言葉が返ってきて、何故だか妙にほっとした。

けれど、心の中に残る小さな熱は、疑念に呑《の》まれてしまいそうだった澪の心を浄化するには十分だった。

「じゃあ、そんな単純な私に裏切られたら、さすがの次郎さんも立ち直れないですね」

「ああ」

「…………」

「なんだ」

「いや、だって、即答……」

「実際、立ち直れない」

「……すごい棒読みじゃないですか」

からかわれていることに気付いて文句を言うと、次郎は笑う。

澪たちの間には、さっきまで命の心配をしていたとは思えないくらいに、いつもと変わらない空気が流れていた。

しかし、車に戻ってドアを閉めるやいなや、次郎がふいに真剣な表情を浮かべてスーツのポケットに手を突《つ》っ込《こ》む。

取り出したのは、木偶《でく》人形の元となる民芸品だった。

カラ、と嫌な音が鳴り、澪は条件反射的に身構える。

「……もう動かないから大丈夫だ」

「あ……、はい……」

そう言われても、不気味なことに変わりはなかった。しかし次郎は平然と、いくつかの民芸品を取り出してダッシュボードに並べる。

ビルから出るときにも見た通り、それらは人型ばかりではなく、さまざまな動物を象《かたど》ったものや、なんだかわからない抽象的なものまであった。

「それ、持って帰るんですか……？」

「ああ。東海林さんに見せて、これまで仕掛けられた木偶人形と同じ呪いかどうかを判断してもらう」

「……違う可能性も考えてるんですか？」

「いや、……ただ、仁明にしては、あまりに……」

次郎が言い淀《よど》むことなど滅多になく、心がざわめく。

　すると、次郎はふたたび別のポケットに手を入れ、もう一体の民芸品を取り出した。

　それは、犬のような四本脚の動物を象ったもの。ただ、他とは様子が違っていて、首や脚の関節に黒いものが絡み付いている。

「あれ……？　それだけ他と少し違──」

　目を凝らした瞬間、澪は思わず息を呑んだ。

　心臓が一気に鼓動を速め、弾《はじ》かれるように民芸品から離れる。

　巻き付いていた黒いものは、──人の毛髪だ、と。そう察した途端、四足歩行の木偶人形に重なっていた千賀子の顔が脳裏を過《よぎ》った。

「そ、それって……、千賀子、さんの」

「おそらく」

　ある程度覚悟していたつもりでも、こうして髪の毛を見てしまうと冷静ではいられなかった。

「千賀子さんって……、今……」

　生きているのだろうかと、さっきは考えるなと言われて避けていた疑問がふたたび頭に浮かぶ。

　次郎は言葉の続きを察したのか、首を捻《ひね》った。

「これだけでは判断しようがない。さっきも言った通り生き霊を利用した可能性もある。……ただ、少なくとも意識は戻っていないだろうな」

「……酷《ひど》い」

「ああ。……そして、妙だ」

「妙……？」

「……仁明の手段が、異常に複雑化してる」

確かに、今回現れた木偶人形の動きがこれまでとまったく違うことは、澪も実際に体感している。

ただ、相手はあの仁明であり、手段がエスカレートしていくことがそこまで不自然だとは思えなかった。

「それって妙でしょうか……。仁明ならそれくらい残酷なこと、いくらでも考えつくんじゃ……」

思ったままの疑問を口にすると、次郎は首を横に振る。

「たとえ思いついたとしても、実行するのはそう簡単じゃない。……霊能力は術者の体力と精神力を消耗するし、術が複雑であればある程顕著だ。いくら高い能力を持っていたとしても、仁明は一哉の呪い返しのダメージを多分に受けているはずで、そもそもかなり高齢のはず。……普通に考えたら、おかしい」

そう聞くと、確かに違和感があった。霊能力がどれだけ体力と精神力を消耗させるかは、東海林に協力を仰いだ過去の経験から澪も理解している。

「確かに、一哉さんを捜していた頃に仁明が使っていたのは、お札だけでしたけど……

「……」

「ああ。奴は呪いをはじめ、すべての手段にお札を使っていた。高い霊能力を持つからこそ成立する、形跡を最小限しか残さないもっともシンプルな方法だ。それが、いきなり封印に木偶人形にと妙な手段に手を出し、ついにはビル一棟を使って散々証拠を残した上に人の魂まで利用したとなると、もはや奇行だ」

「……今回は、あまり慎重さが感じられませんね」

普通は徐々に慎重さを増すものだが明らかに逆行しているし、今回に関しては、次郎が言うようにもはや奇行と言える。

次郎は眉間《みけん》に皺《しわ》を寄せたまましばらく考え込んだ。

しかし、突如我に返ったように顔を上げたかと思うと、車のエンジンをかける。そして。

「……悪い、送る。それよりお前、怪我は」

急に普段通りに戻り、澪は慌てて首を横に振った。

「えっと、大丈夫そうです……。擦り傷と打撲くらいで、意外と軽傷っぽいなって」

「だとしても病院には行け。……それと、代休予定に悪いが、明日《あした》は出勤してほしい。……元第六のオフィスの方に」

「……わかりました」

「高木と溝口も呼んでおく」

次郎は申し訳なさそうに言うけれど、こんな精神状態で家にいても落ち着ける気がせず、その提案はむしろありがたかった。

「だったら、送ってもらう間に私が連絡します。晃くんにも、ひとまず無事だってことを伝えてあげなきゃ……」

ふと、二人が待機してくれていることを思い出した澪は、ポケットから携帯を取り出す。


しかし、途端に運転席から次郎の手が伸び、画面を遮られた。

「高木と溝口には後で俺から連絡する」

「え、それくらい私が……」

「いい。今は麻痺《まひ》してるかもしれないが、実際はかなりのダメージを受けてるはずだ。お前はなにも考えずに家に着くまで寝てろ」

「それを言うなら次郎さんだって同――」

「うるさい、余計疲れるから黙れ」

頭をシートに押さえ付けられ、言いかけた言葉が途切れる。

多少強引ではあるが、次郎なりに心配してくれているのだろうと、澪は黙って携帯を仕舞った。

しかし、渋々ながらもシートに頭を埋《うず》めるやいなや、体からどっと力が抜け、意識がぼんやりしはじめる。

次郎が言った通り、心身ともにかなりのダメージを受けているのだろう。

過度な疲れが幸いしてか、目を閉じても、あれだけ恐ろしかった千賀子の姿が脳裏を過る隙すらない。

まるで現実逃避のようだと思いながら、澪は、そのまま気絶するように意識を手放した。

第二章

『日曜　十五時　横浜《よこはま》ベイシェラトンのラウンジに一人で』

澪がバッグの中からそんなメモを見付けたのは、西新宿の調査から一週間程が経過した昨日のこと。

目眩《めまい》がする程真っ白なカードに無機質なフォントで綴《つづ》られたメッセージを見た瞬間、どこかで得体の知れないものが動き出す、不気味な音が聞こえた気がした。

思えばここ十日というもの、澪たちの周囲にはなんの動きもなかった。

寺岡とはあれ以来連絡がつかず、高木が調査会社に依頼したものの、いまだその居場所は摑《つか》めていない。

そして、オフィスにもこれといった異変はなかった。

沙良にもおかしな行動は見られず、ただ目黒からの「津久井に怪しい動きなし」という、もはや信用に値しない報告を聞くのみ。

テレビをつければ梶が画面越しに煌《きら》びやかな笑顔を見せ、伊原はときどきオフィスにやってきては、西新宿のビルでなにがあったかも知らずに応接室でくつろいでいく。

そんな嘘だらけの日常も一見すれば平和に見えてしまうことが、澪にはなんだか怖ろしかった。

けれど、どんなに不安定でもそこに縋《すが》っていたいという思いも、本音だった。

だからこそ、バッグの中から見慣れないメモを見つけた瞬間に覚えたのは、ついに始まってしまったという絶望感。

全身の震えはいつまでも収まらず、澪はしばらく床に座り込んだまま、その短い文章をただ見つめていた。

差出人を連想させるようなものは、なにも記されていない。

ただ、澪のバッグにこっそりメモを滑り込ませたとなると、身近な人間を想像するのは当然だった。

普通に考えれば、一番可能性があるのは沙良。

澪は今もなお、沙良はただ操られているだけだと信じているけれど、だとしても沙良に近い人物が、――目黒や父親の周囲の人間が仁明と繋《つな》がっている可能性は、日々濃厚さを増している。

しかし、だとすれば目的はなんなのか、どうして自分なのか、行けばいったいなにが起こるのか、想像しただけで全身から血の気が引いた。

昨日の夜は、一睡もできなかった。短い文面には、とくになにかを警告するような言葉はないけれど、わざわざ「一人で」と書いてある以上、人に相談しようという気にはなれなかった。

万が一誰かに監視されていたとして、話した相手に危険が及んでしまったらと思うと気が気ではない。

だから、結局誰にも話せないまま、ひたすら膨らみ続ける不安に耐え続けることで精一杯だった。

そのまま最悪な気分で朝を迎えた澪は、今日はいっそ休んでしまおうかと携帯を手繰り寄せる。

しかし、一人で過ごすのもまた不安で、結局はいつも通り支度をはじめた。

酷《ひど》い隈《くま》と顔色を誤魔化すのに思った以上に手間取り、結局半休をもらって昼過ぎに出勤すると、たまたまエントランスで鉢合わせた次郎は澪を見るやいなや応接室に引っ張り込んだ。

「――澪。……こっちに」

そして強引にソファに座らせると、正面に座って澪をまっすぐに見つめる。

「……で？」

当たり前のように説明を促され、普段通りを演出するため半休を取ってまで費やした努力はまったくの無駄だったらしいと澪は察した。

「で、とは」

往生際が悪いと思いながらも観念するわけにはいかず、澪はあくまで演技を続けたまま質問を返す。

　すると、次郎はさも鬱陶《うっとう》しげに眉根《まゆね》を寄せた。

「お前が半休を取りたいと言い出しただけでも怪しいのに、その顔で現れて本気で誤魔化せると思ってるなら強者《つわもの》だな」

「……ちょっと、寝不足なんです」

「だから、その理由を聞いてる」

「そ、それは……」

　あまりに遠慮なく問われ、澪は早くも口籠《くちご》もった。

　相手が次郎でなければ、たとえば遅くまで映画を観ていたとか呑《の》みすぎたとか、少々無理があったとしても突っ込まれない程度に納得させることはできただろう。

　しかし、次郎には、――数々の調査で寝不足どころか散々醜態を晒《さら》している次郎にだけは、その説明が通用しないことは明らかだった。

　黙り込む澪に、次郎がふと瞳《ひとみ》を揺らす。

「……まさか、家になにか仕掛けられたか？」

「そ、そんなことは……！」

「誰かに追われたとか、脅されたとか」

「ち、違います……」

　思った以上に物騒な予想を畳み掛けられ、澪は慌てて首を横に振った。どうやら次郎は、澪の態度のおかしさが仁明に関連していることを確信しているらしい。

そんなにわかりやすいだろうかと自分をふがいなく思う一方、動揺を映す次郎の瞳がどれだけ気にかけてくれているかを物語っていて、なんだか胸が締め付けられた。そして。

「お前まさか、俺まで疑ってないだろうな」

その言葉を聞いた瞬間、心を堰《せ》き止めていた壁は、脆《もろ》くも崩れ落ちた。

「そんなこと、あるはずが……」

「……澪？」

「…………」

「どうした」

「……どうすれば、いいんでしょうか」

一晩中抱え続けた不安と恐怖が一気に込み上げ、声が震える。

次郎はただ黙って澪を見つめ、言葉の続きを促した。

澪はバッグに手を入れ、例のメモを取り出す。

「……声に、出さないでくださいね」

誰が聞いているかわからないという恐怖は、オフィスにいても拭《ぬぐ》えなかった。むしろ、オフィスこそメモを仕込まれた現場である可能性が高く、執務エリアにいるであろう沙良のことが気になって仕方がなかった。

次郎はメモを手に取り、文面を一読して怪訝《けげん》な表情を浮かべる。

そして。

「外に」

そう言って立ち上がり、執務室を出るとそのままオフィスの外へ向かった。

戸惑いながらも後に続くと、次郎は廊下を進んでエレベーターに乗り、五階を押す。

五階ならば目的地は東海林の部屋以外にないが、この時間に東海林の姿を見たことはあまりない。

しかし、次郎は五階で降りて東海林の部屋の前まで廊下を進むと、インターフォンも押さずにポケットから鍵《かぎ》を取り出し、なんの躊躇《ためら》いもなく扉を開けた。

「ど、どうして、鍵を……」

「西新宿の調査の後に相談したら、提供してくれた。ここは、霊的な意味合いではもっともガードが固い」

仁明が予想もつかない手段を使いだした今、次郎はおそらく、元第六のオフィス以外にも安全な場所が必要だと考えたのだろう。

確かに、キラナビル自体のセキュリティは吉原不動産の足元にも及ばないが、霊的な意味合いと言われると東海林の部屋は信頼度が高い。

澪は納得し、次郎に続いて部屋の中に足を踏み入れると、一番奥の応接セットに腰を下ろす。

「このメモにはいつ気付いた？」

なんの前置きもない問いかけから、焦りが伝わってきた。

澪は小さく俯《うつむ》く。

「昨日の帰宅後です。……出勤したときはなかったので、それ以降に入れられたんだと思います……」

「帰宅中の可能性は」

「電車もそんなに混んでなくて……、バッグは肘《ひじ》にかけてたし、なにかを入れられたら気付くんじゃないかと……」

「なるほど。なら――」

「やっぱり、……沙良ちゃんですよね」

じわじわと候補が絞られていく緊張感に耐えられず、澪は自分からその名を口に出した。

次郎は少し間を置き、小さく頷《うなず》く。

「操られているにしろ、自分の意思にしろ、可能性は高い」

「……すみません、言い方に気を遣わせて」

「気を遣ってるわけじゃない。事実だ」

「でも、どっちにしろ沙良ちゃんの背後には仁明がいて、私を呼び出そうとしてるってことですよね……？」

「仁明がいると確定したわけじゃない」

「じゃあ、誰が？……仁明以外の誰が、このタイミングで私を……？　やっぱり騙《だま》しやすいから……？　っていうか、最初からやっぱり利用されて――」

「澪」

名を呼ばれ、混沌《こんとん》としていた思考が一旦《いったん》ストップした。

けれど、今度は心の奥の方からじわじわと、やりきれない思いが込み上げてくる。

「もう……、なにがなんだか……、寺岡さんも目黒さんもシレッと嘘ついて、平気で監禁して人の魂まで使って、結局なにがしたいんですか……。目的もわかんないし、単純に私たちが邪魔だから排除したいってこと……？」

「おい、落ち着け」

「だって……、ずっとモヤモヤしていて止まらないんです……。むしろ、なんでそんな普通でいられるんですか……？　っていうか私、殺されるんですか……？　攫《さら》われて脅しに使われて結局口止めにダムとかに……！」

「……阿呆《あほ》か」

「大真面目です……！」

叫ぶと同時に、目に涙が滲《にじ》んだ。

自分で思う以上に大きな声が出てしまって、ポカンとする次郎と目が合う。

途端に冷静になったものの、涙は澪の意思を無視して次々と溢《あふ》れ、テーブルにシミを作った。

「……いや……、すみません、違……」

なにが違うのだろうと自分に突っ込みながら、澪はわけのわからない涙を雑に拭う。

次郎は黙っていた。

耳が痛い程の沈黙が流れ、支離滅裂な澪にさぞかし引いているのだろうと不安が込み上げてくる。

しかし、心の中は爆発の後のように空虚で、言い訳をするための言葉ひとつ浮かんでこない。

すると、そのとき。

「……お前、横浜ベイシェラトンに行ったことは？」

突如飛んできたのは、謎の問い。

「ない、ですけど……」

「メモに書かれている横浜ベイシェラトンのラウンジは二階だが、一階のフロントから中二階、二階までの三層が吹き抜けになっていて構造的にかなり開けてる」

「あの、それが……」

「犯罪行為をするために人を呼び出す場所としては、人目がありすぎるんだよ」

ようやく言葉の意図を察した澪は、目を見開いた。

「えっと、つまり……」

「攫われて脅されて口止めにダム……だったか？　どれをするにも向いていない」

「……………」

言われてみれば、その通りだった。横浜ベイシェラトンには行ったことがないが、そもそもホテルのラウンジは人の出入りが激しい。しかも指定された日時は日曜であり、おまけにチェックインが始まる十五時。

なるほどと思うと同時に、恥ずかしさが込み上げてくる。

「すみません……、暴走しました……」

もはやどうやっても誤魔化すことはできず、澪はがっくりと項垂《うなだ》れた。

次郎は小さく溜《た》め息をつく。

「暴走はいい。……むしろ、これを黙っているつもりだったってことに引いてる」

「そういうわけじゃ……。ただ、誰かに言ったらその人が狙われるんじゃないかって不安で……」

「警戒心が高いのは結構だが、こっそり報告する方法くらいあるだろ。……まさか、一人で呼び出しに応じるつもりだったわけじゃないだろうな」

「そんな……！　というか、正直、当日のことまで考えてませんでした……」

それは決して嘘ではなかった。

謎の相手から呼び出されたという事実ですでにキャパオーバーしていたし、それどころではなかったからこそ、ホテルのラウンジを指定された違和感にも気付かなかった。

次郎はさらにメモの観察を続ける。

「それにしても、メールじゃなくわざわざ紙を使うという原始的な方法を取ったことも、少し気になるな」

「メールだと送信元を特定されると考えたんじゃ……」

「特定されない方法なんていくらでもある。……とはいえ、とにかくなにひとつ形跡を残したくないって意図があるなら、原始的な方法の方が向いてはいるが」

「……慎重ってことですよね」

「気味が悪いな。散々派手なことをしたかと思えばこんな……」

次郎がぼやいた通り、改めて考えてみれば奇妙だった。西新宿の件は、もう世間にばれることすら厭《いと》わないのではないかと思う程に大胆だったのに、ここにきて妙な慎重さを見せられると混乱してしまう。

「仁明側にはブレーンが何人もいる、とか……」

「となると、組織化してる説は濃厚だな」

できればそうであってほしくないのにと、澪は込み上げる恐怖を誤魔化すために膝《ひざ》の上で拳《こぶし》をぎゅっと握った。

そのとき。

「……それで、どうする」

ふいの問いかけに顔を上げると、まっすぐな目に捉《とら》えられる。

「どうする、っていうのは」

「当然、この呼び出しに応じるかどうかだ」

それは、次郎の普段の慎重さからは考えられない言葉だった。

「応じる選択肢もあるんですか……？」

驚いて問い返すと、次郎は頷く。

「向こうの手段ばかりがどんどんエスカレートしていく中、こっちの調査に進展はない。

……だが、接触すればなんらかの情報が得られるかもしれない」

「でも……」

「もちろん一人では行かせない。俺も隠れて待機する」

「…………」

黙ってしまったのは、迷いのせいではない。

次郎の言葉を聞きながら、今の自分たちはこんな怪しいメモにも縋《すが》る程に切羽詰まった状況なのだと、ただ痛切に感じていた。

「もちろん無理強いはしない。ゆっくり考え——」

「行きます。……もちろん」

つい大きな声が出てしまい、次郎が目を見開く。

澪は一度ゆっくりと息を吐き、気持ちを落ち着かせた。

「私だってそろそろ知りたいんです。仁明がなにを考えてるのか、……どんなに小さなことでもいいから」

声は弱々しかったけれど、それは澪のありのままの思いだった。

次郎は静かに頷《うなず》く。

「……こっちも守りに入ってばかりじゃ進まないからな。ただ、今回は明らかにお前の負担が大きくなるが……」

「大丈夫です。……メモを見付けたときは怖かったけど、次郎さんに話したらなんだか覚悟が決まりました」

「……もっとも、その顔じゃあまり説得力がないが」

「え……？」

そう言われた途端、次郎に一瞬で気付かれた程に目が腫《は》れていることを思い出し、今さらながら手のひらで顔を覆った。

次郎は呆《あき》れたように表情を緩めると、テーブルの上に東海林の部屋の鍵《かぎ》を置いて席を立つ。そして。

「俺は先に戻るから、お前は適当に時間を空けてから来い」

そう言い残し、部屋を後にした。

一人になった澪は、ひとまずメイクを直さなければと、慌ててバッグを漁《あさ》る。

すると、内ポケットの中から、ふいにチリンと鈴の音が響いた。

音の正体は、西新宿の調査前に沙良から託された、キリンのキーチャーム。

調査の後すぐに返そうとしたけれど、青あざだらけの澪を見た沙良は「このままお守りに」と言って受け取らなかった。

澪はそれをそっと取り出し、キリンの小さな目をじっと見つめる。

そして、——なにもかもが上手《うま》くいくようにと、祈りを込めて握りしめた。


日曜日。

十四時半に横浜駅に着いた澪は、人通りの多い地下街を通ってベイシェラトンへ向かった。

地上に出てすぐの正面エントランスから中に入ると、視界に広がるのは、紺と茶を基調とした落ち着いた内装と、大きなシャンデリアが存在感を放つ高い天井。

事前に聞いていた通り、二階までが吹き抜けになっていて、一階から中二階のロビースペースも二階のラウンジフロアもぐるりと見渡すことができた。

ロビーにはチェックイン待ちの人がちらほらと目につき、二階の通路にも人の行き来が目立つ。

想像以上に人が多いことは幸いだが、この中にメモの送り主が紛れているかもしれないと思うと、緊張を緩めるわけにはいかなかった。

事前の打ち合わせ通りならば、次郎はすでに到着し、どこかに潜んでいる手筈《てはず》となっている。

澪はそれだけを心の支えに、中二階を通って二階のラウンジへ向かった。

ラウンジに入ると、澪が案内されたのは、通路側の四人がけの席。澪はメニューも見ずにコーヒーを頼むと、ひとまず小さく息をついた。

チラリと視線を動かせば、正面の席では四人のビジネスマンらしき男性がなにやら話し込み、さらに奥では若い女性二人が豪華なアフタヌーンティーセットを楽しんでいる。

ラウンジは広いが席の半分は埋まっていて、本当にこの場所で密談する気だろうかと、ふと不安を覚えた。

やがてコーヒーが運ばれ、携帯を見ると、時刻は十四時五十八分。

約束までもう三分を切っているが、ラウンジの入口を見ていてもそれらしき人間が入店してくる気配はない。

まさかからかわれただけなのではないかと、密《ひそ》かに考えていた可能性が心の中で少しずつ存在感を増していく。

ただ、もはや緊張で息苦しさすら覚えていた澪は、それならそれで構わないとすら考えはじめていた。

やがて、携帯の時計がついに十五時を表示したものの状況は変わらず、澪は小さく息をつく。——そのとき。

「——振り返らず、そのまま聞いてください」

突如背後から響いた声に、心臓がドクンと大きく鼓動した。

背後の席は、澪が案内されたときには確かに空席だったし、それ以降誰かが案内された様子はない。

むしろ、今もなお物音ひとつせず、こうして気を張ってはじめて気付く程のかすかな気配しか感じ取れなかった。

メモの送り主に違いないと確信した瞬間、全身が強張《こわば》る。

すると、そのとき。

「新垣さんですね。私は、――目黒と申します」

名乗られた名前に、背筋がゾクッと冷えた。

目黒と聞いて思い当たる人物など一人しかいない。沙良のお目付役であり、津久井についての調査では嘘の報告をし続けている、仁明に近いと予測される人物だ。

やはり脅迫や警告目的で呼び出されたのだろうかと、たちまち恐怖が込み上げてくる。

ただ、たとえそうだとして、いきなり名乗ったことには違和感があった。顔も見えないこの状況で、ご丁寧に素性を明かす必要なんてないはずだと。

ぐるぐる考え込んでいると、目黒がふたたび口を開く。

「手短に話します。携帯で通話するフリをしていただけますか」

澪は頷き、指示された通りに携帯を耳に当てた。

誰とも繋《つな》がっていない携帯から伝わってくるのは、自分の指の震えのみ。

いったいなにを要求してくる気だろうと、緊張がみるみる膨らんでいく。——しかし。

「新垣さんに、助けていただきたいのです。——沙良様を」

目黒が口にしたのは、予想だにしないひと言だった。

「なん……、どう、いう……」

沙良の名前が出たことに驚き、思わず声が零《こぼ》れる。

頭の中は、混迷を極めていた。

澪たちの予想通り目黒が仁明の一派であるなら、澪たちに助けを求める意味がわからない。

まさか仁明以外の脅威が存在するのだろうかと、考えたくない仮説が頭を支配していく。

少なくとも、事前に考えていたありとあらゆる予想はすべて除外となり、真っ白になった頭では、返すべき言葉を見付けられなかった。

目黒は少し間を置き、言葉を続ける。

「もし続けて話を聞いていただけるようでしたら、人目に触れない場所に移動してもよろしいでしょうか。警戒されないことを重視して待ち合わせ場所を選びましたが、関係者がどこで見ているかわかりませんので、ここではこれ以上込み入った話はできません」

その言葉に、心臓が不安な鼓動を打ちはじめた。

関係者がどこで見ているかわからないと言われた途端、ウェイターや周囲の客すらも怪しく見えはじめる。

一方、目黒は最初から一貫して落ち着いた口調を崩さず、さらに説明を続けた。

「安全な場所を手配しています。人通りの多い通路を通る、徒歩で行ける場所ですので、心配には及びません」

「で、でも……」

「もちろん、見張っているお連れ様もご一緒に」

「…………」

次郎のことも気付かれていたと知り、澪は一瞬言葉を失う。そこまで気付いているのなら、関係者云々《うんぬん》の話もただの脅しではないのだろう。

頭はみるみる混乱を極め、正直、澪にはどうするべきか判断がつかなかった。けれど、ひとつだけ明確に覚えていたのは、おそらく逃げられないだろうという予感。

目黒の口調は静かであり、あくまで澪の意思に任せるような言い方をしているけれど、その声にはどこか威圧感があった。

「わかり、ました……」

澪は震える声でそう答える。

すると、背後の空気がほんのかすかに緩んだ気がした。

「感謝します。場所の詳細が書かれたものをこれからお渡ししますが、お連れ様に連絡する際には、詳細の説明は控え、新垣さんの後を離れて付いてくるようにとだけお伝えください」

澪は頷《うなず》きながら、アナログな方法を選んだことにはやはり理由があったのだと、密かに納得していた。

目黒が誰を警戒しているのかはわからないが、その相手は通信の内容に不正にアクセスするような手を使うのかもしれないと。

やがて、背後の気配がかすかに動いたかと思うと、澪のテーブルの横をスーツ姿の細身の男、――おそらく目黒が通過していく。

通りすがりにテーブルに落としていった小さな紙を素早く回収すると、中には小さな文字で、順路が箇条書きされていた。

澪は、目黒に言われた通り場所の詳細は伏せたまま、移動することを伝えるために次郎宛てのメールを作成する。

移動先が徒歩圏内で人通りの多い場所であることを先に伝えた上で、少し離れて付いてきてほしいと入力して送信すると、すぐに「了解」という短い返事が届いた。

澪はそれを確認すると、携帯を仕舞って席を立つ。

足は震えていたけれど、そのときの澪を突き動かしていたのは、沙良を助けてほしいと口にした目黒の言葉だった。

もちろん、目黒が真実を話している保証なんてない。

それでも、沙良の名前を出された以上、疑いよりも確かめたい気持ちの方が明らかに優位にあった。

ただ、この異常な展開は澪のキャパをゆうに超えていて、ラウンジを出た瞬間、着いたときはラグジュアリーに感じられた吹き抜けの空間にすら足が竦《すく》んだ。

澪はバッグの中から取り出したキリンのキーチャームをぎゅっと握りしめ、ゆっくりと足を踏み出す。


目黒が残したメモに最初に綴《つづ》られていたのは、指定した入口から地下へ降りるようにという指示。

そこはまさに澪がホテルに向かうときに使った階段であり、降りると大勢の人が行き交っていた。

まさに、警戒には及びませんという目黒の言葉通りだ。

さらにメモの文字を追うと、地下に出てすぐ傍の時計店の横にある、関係者専用入口から中に入るようにとあった。

いよいよ怪しくなってきたと思いながらも戸を開けたものの、中は明るく、なんの変哲もない廊下が続いていて、ところどころに段ボール箱が雑然と積まれている。

メモを見れば、通路を進み、一番奥の「物品倉庫」と書かれた部屋に入るようにとあった。

澪は奥へ向かっておそるおそる廊下を進む。

おそらくテナント用のクロークなのだろう、周囲に人の姿はないが、日常的に利用されている気配があり、地下街の雑踏もかすかに届く。

目黒がどうやってここを手配したのかは謎だが、さすがに監禁するには不向きな場所だと、澪は密《ひそ》かにほっと息をついた。

そして、指定された物品倉庫の前で一旦《いったん》足を止め、ゆっくりと深呼吸をしてから勢いよく戸を開ける。

しかし、中に目黒の姿はなく、目の前にはスチールラックがずらりと並ぶ無機質な空間が広がっていた。

「あれ……？」

入ってみると、中は三畳程と狭い上、ラックのせいでかなり圧迫感がある。澪は本当にここで合っているのだろうかとふたたびメモを開いた——そのとき。

背後からメモをするりと抜き取られ、心臓がドクンと跳ねる。

振り返ると、驚く程無表情な背の高い男が澪を見下ろしていた。

その顔を見た瞬間、ふいに、調査で老舗《しにせ》旅館・きた本へ行ったときに沙良と交わした会話が頭を過《よぎ》る。

目黒の特徴を聞いた澪に対し、沙良は「背が高く、身なりにも言葉にもあまり隙のない、目つきの鋭い四十代の男」であると、さらに、目黒に会ったことのある大学時代の友人が「その筋の人間かと思った」と表現していたと教えてくれた。

ふと、あれはとても秀逸な説明だったと澪は思う。

実際に会った目黒は、髪にもスーツにも一寸《いっすん》の乱れもなく、切れ長で鋭い一重の目に感情を映さない薄い唇と、全体的に冷たい印象を持つ、まさに〝その筋の人間〟を連想させる見た目だった。

呆然《ぼうぜん》とする澪に、目黒は深々と頭を下げる。

「初めまして。応じていただき、ありがとうございます」

静かな口調が狭い部屋に響いた。

「……目黒さん、ですよね」

念の為に確認すると、目黒は小さく頷き、スチールラックの隙間から折りたたみ式の丸椅子を引っ張り出して澪に差し出す。

「ひとまずお座りください。警戒されない場所をと考えた結果、このような倉庫になってしまい、申し訳ありません」

「あの、ここは……」

「私が趣味半分でオーナーをしている店です」

「な、なるほど……。目黒さんが個人的に……？」

さらりと口にした趣味半分というワードに住む世界の違いを感じたものの、それよりも、ここが沙良の父親関連の店でないことにほっとしている自分がいた。

澪のそんな反応に、目黒はかすかに目を細める。

「失礼ながら、……思ったよりも聡《さと》いんですね」

「はい……？」

「聡明《そうめい》で正義感を持つ大変頼りになる先輩だと、――沙良様から聞いてはおりましたが」

「ええ」

不意打ちで出された沙良の名に、心がぎゅっと震える。

冷静な声が、沙良の名を口にするときだけわずかに優しさを纏《まと》った気がした。

もちろん、疑惑だらけの目黒を安易に信用するつもりはなく、ただの都合のいい解釈かもしれない。

それでも、たとえどんなに悪い人間だったとしても、――沙良のことだけは裏切っていませんようにと、つい願ってしまう自分がいた。

そのとき。

「……いらっしゃいましたね」

目黒がそう言ってもう一つ丸椅子を出した瞬間、入口から次郎が姿を現した。

次郎はなにも言わずに入室し、澪を庇《かば》うように間に立つと目黒に鋭い視線を向ける。

おそらく、目の前に立つ人物の正体を推測しているのだろう。空気はさらに緊張感を増す。――しかし。

「長崎さんですね。初めまして、私は目黒と申します。沙良様がいつもお世話になっております」

目黒が先に名乗ると、さすがの次郎も驚いたらしく、瞳《ひとみ》にわずかな戸惑いが揺れた。

「新垣を呼び出したのは、目黒さんでしたか」

しかしすぐに表情を戻し、改めて目黒に強い視線を向ける。そして。

「……失礼ですが、あなたが目黒さんであると証明できるものはありますか」

次郎が唐突に投げた問いに、澪は今さらながらハッとしていた。

沙良から聞いていた印象通りだったこともあり、まったく疑いもしなかったけれど、確かにこの男が目黒でない可能性もなくはない。

目黒は少し考えた後、ポケットからカードケースを取り出して中を確認しながら、眉《み》間《けん》に皺《しわ》を寄せた。

「普段は会う人間が限られるもので、本人確認の必要が生じる想定が抜けておりました。……免許証のような写真付きの身分証明ならいくつかありますが、そんなものはいくらでも偽造できますから、別の物がいいですよね」

目黒は運転免許証を澪たちの方に向けながら淡々とそう口にした。

証明書をいくらでも偽造できるという感覚なんて持ち合わせていない澪は、目黒自らその可能性を言い出したことに面食らう。

一方、次郎は戸惑うことなく、首を横に振った。

「いえ、とりあえずそれで結構です。念の為の確認ですから。正直、こちらにとってあなたが本当に目黒さんであるかの重要さは、これから我々にお話しになる内容によりますので」

「……なるほど。確かにその通りですね」

会話は事務的であり、選ぶ言葉こそ丁寧ではあるものの、空気は酷《ひど》く張り詰めていた。

二人ともどこか冷然としていて、互いが醸し出す静かな威圧感が狭い部屋を圧迫している。

状況が状況だけに仕方ないと思いながらも、こんな疑念だらけの空気で交渉など成立するのだろうかと、澪は一抹の不安を覚えた。

しかし、そのとき。澪が握りしめていたキリンのチャームが手のひらからするりと抜け落ち、床でチリンと音を鳴らす。

物々しい空気にそぐわない可愛らしい音に、二人の視線が澪に集中した。

「す、すみません……」

澪は慌てて拾い上げながら——ふと、ひとつの思い付きが頭を過る。

「あの……、目黒さん、これに見覚えありますか……？」

澪は目黒の目の前に、キリンのチャームを掲げた。

キリン越しに目黒を見ると、世界観の違いが浮き彫りになり、おかしな質問をしてしまった後悔がたちまち込み上げてくる。――けれど。

「……それは、沙良様の」

ほんの一瞬だけ柔らかく細められた目を、澪は見逃さなかった。

目黒は目の前で揺れるキリンに、指先でそっと触れる。そして。

「上野《うえの》動物園で販売しているキリンのチャームですね。沙良様は訪れるたびに必ずお求めになりますので、たくさんお持ちです。しかし、年度やシーズンごとに微妙にデザインが変わり、マフラーが付いたり帽子を被《かぶ》ったりと衣装が変化するのですが、そちらは鈴しか付いていませんので、初代のデザインです」

「そ、そうなんですね……」

思った以上に詳しい説明が返ってきたことに、澪は逆に戸惑う。しかし、目黒は澪の反応など気にも留めず、さらに言葉を続けた。

「つまり、それは初めて上野動物園にお連れしたときに私が差し上げたものです。……とても大切にしてくださっていましたから、もし沙良様が新垣さんにそれを託したのならば、大きな信頼を寄せている証《あかし》ですね」

「…………」

口調は淡々としているのに、むしろ淡々としているからか、なんだか胸が締め付けられた。

澪はキリンをぎゅっと握りしめ、それから次郎を見上げる。

「次郎さん、……この人、目黒さんです」

次郎の瞳が小さく揺れた。

もちろん過去のエピソードなんていくらでも準備できるし、そんなもので信じるなんておかしいと思う気持ちもあったけれど、澪にとっては、少なくとも証明書よりもずっと信用に値する話だった。

それに、澪が確信したのは内容の細かさだけでなく、沙良のことを語りだした途端にわずかに柔らかくなる目黒の雰囲気。

思い返せば、澪はホテルのラウンジでも同じことを感じた。

次郎はなにも言わず、澪をただじっと見つめ返す。

その目を見ていると徐々に冷静になり、所詮《しょせん》は勘でしかない曖昧《あいまい》なことを次郎にまで押し付けるのは間違っているのかもしれないと考えはじめた――そのとき。

「わかった」

次郎はあっさり頷《うなず》き、たったひと言そう答えた。

適当に流されたわけでないことは、その目を見れば一目瞭然《いちもくりょうぜん》だった。現に、さっきまで揺れていた疑念の色はもう見当たらない。

驚いたけれど、なにも聞かずに信じてくれたことは、純粋に嬉《うれ》しかった。

同時に、横浜に着いて以来ずっと拭《ぬぐ》い去れなかった心細さがスッと凪《な》ぎ、今は一人ではないという安心感が込み上げてくる。

澪が頷き返すと、次郎は差し出された椅子に座った。

「それで、我々を呼び出した目的は」

ついに本題に入り、空気がさらに緊張を帯びる。

癖なのか、目黒はまったく乱れのないネクタイの結び目を整え、それからチラリと澪に視線を向けた。

「新垣さんには触りだけお伝えしましたが、──沙良様を、助けていただきたいのです」

確かに、それはさっきもラウンジで聞いた通りの言葉だったけれど、キリンの話を聞いた前と後では、少し印象が違って聞こえた。

「……と、言いますと」

「ええ。順を追ってお話しさせていただきます。……しかし、まずお詫《わ》びをさせてください。私は以前よりお二人とこうしてコンタクトを取りたいと考えていたのですが、誰にも悟られないようにと最大限の警戒を持って進めたために、時間を要しました。誠に申し訳ありません」

「謝罪は結構です。……それより、あなたは誰を警戒しているんですか」

次郎が口にした問いこそ、まさに今の澪たちが抱える最大の疑問だった。

目黒は小さく頷くと、少し間を置き、ゆっくりと口を開く。

「沙良様を、——操っている人間を」

操っているという目黒の言葉に、澪は目を見開いた。

やはりという思いと、それに目黒が関わっていないことを示唆させる言い方が、頭の中で上手《うま》く繋《つな》がらない。

混乱は、ただただ膨らむ一方だった。

一方、目黒はあくまで淡々と続きを語りはじめる。

「ことの発端は、一年程前のことです。突如、私の主人——沙良様のお父様からの呼び立てにより、私は都内にあります主人の私邸へ沙良様をお連れしました。お聞き及びかと思いますが、ここ数年というもの、主人が沙良様と面会される機会はずいぶん減っておりましたので、それは大変珍しいことでした。しかも、特段の用はないとのこと。多少の違和感を覚えましたが、沙良様が戸惑いながらも喜んでいらっしゃるようでしたので、なにも申し上げませんでした。しかし、その日の帰りに、沙良様が妙なことを口にされていたのです。面会は主人と二人ではなく、初対面の占い師が同席していたと——」

目黒が言うには、主人と沙良との面会に無関係な人間が同席することは、過去にほぼなかったとのこと。

しかも、沙良によれば、占い師は大きなマントのようなものを着用していて、顔はフードと布ですっぽりと覆い隠されていたらしい。

そこまでなら占い師の装いとして特別不自然ではないが、その占い師は声帯に障害があると言い、発言はすべて筆談。つまり、人相どころか性別すらもわからなかったのだという。

主人はその占い師をずいぶん気に入っているようで、沙良に専属の相談相手として紹介をし、沙良にもまた、いつでも頼るようにと言った。

目黒は沙良からその話を聞いたとき、主人がまたおかしな占い師を雇ったものだと思いはしたものの、その時点では、それ以上の感想は持たなかったという。

というのも、政財界の人間が今後の指南を占い師に相談することは、さして珍しい話ではない。

そして、主人に限っては専属占い師の入れ替わりが割と頻繁にあり、目黒も主人の下で働く中で何度かそれらしき人物の姿を目にしてきたが、同じ人物に二度会ったことはなかった。

目黒がそれを気に留めたことは一度もなく、そもそも目黒が知る限り、主人は仕事に対して恐ろしくシビアであり、どんなに信用できる相手に相談を持ちかけようとも、最終的なジャッジは自ら下すらしい。

つまり、どれだけ怪しい相手を傍に置いていたとしても、他人の影響によって主人の立場が脅かされる心配などまずないと考えていた。

それこそ大物たる所以《ゆえん》であると、少なくとも目黒はそう認識していた。

だから、今回もまた、たとえ占い師がなにかの企《たくら》みを持っていたとしても、結果的に食われるのは占い師の方だとタカを括《くく》っていた。

しかし。

なにかがおかしいと感じはじめたのは、それから間もなくのこと。

久しぶりだった面会を皮切りに、主人が沙良を私邸に呼び、占い師と面会させる機会がやたらと増えた。

主人に新しい愛人ができて以来そんなことはなく、目黒が強い違和感を覚えたのは当然のことだった。

とはいえ、沙良のお目付役として雇われている目黒が主人に直接問う機会など与えられるはずがなく、静観する以外の選択肢はなかった。

そうやって、日々釈然としない思いを募らせながらも、目黒がなんの行動にも出なかったのは、主人が沙良にとっては実の父親であるという事実が大きかったのだという。

一般的でない親子関係であっても、所詮は他人の自分が立ち入るべきではないという思いが強かったと目黒は話した。

ただ、それ以降も、目黒の違和感は膨らむ一方だった。

もっとも気になったのは、沙良の変化。

頻繁に主人や占い師と会うようになってから、人格が変わったように感じる瞬間がたびたびあったという。

最初こそ、沙良がぼんやりしている時間が増えたという程度の些細《ささい》なものだったけれど、その違和感は次第に大きくなった。

やがて、理由も話さず突然部屋に閉じこもったり、ほとんど食事を摂《と》ろうとしなかったりと様子がおかしい日が増え、そんなときは、見るに見かねて声をかけた母親の言葉すら耳に入れようとしなかったらしい。

落ち込んでいるのかと思えば、突然父親に電話をかけ、やけに愛想よくなにかをお願いしている光景を見かけたこともあったという。

それは、父親と自らの関係を誰より冷静に受け止めていた沙良をよく知る目黒の目には、これ以上ないくらいの奇行に映った。

それがとくに顕著に現れるのは、大概、主人からの呼び出しの後。

当然、目黒は突然現れた占い師に疑いを持った。

もはや静観できなくなった頃、目黒はついに占い師の素性を調べることを決める。

しかし、手始めに主人のネットワークを使って調べてみたところ、早くも壁に突き当たった。

本来ならば、主人と面会する人間は事前になにもかもを調べ尽くされ、その結果ごとパーソナルデータとしてネットワークに登録され、主人が利用するありとあらゆる場所で入退室の履歴が残るようになっているのだが、その占い師に関しては、履歴どころかパーソナルデータそのものが存在しなかった。

娘の沙良の出入りすらすべて記録に残っていることを考えると、それはどう考えても不自然だった。

つまり、意図的に消去されているらしいと、――おそらく例の占い師は主人の後ろ暗い活動に関わっていて、触れてはならない人物なのだと、そう察した目黒は得体の知れない恐怖を覚えたという。

しかし、たとえそうであったとしても、沙良が巻き込まれていることが明白である以上、触れないわけにはいかなかった。

目黒は覚悟を決め、主人と繋がりのない学生時代の伝手《つて》を駆使して信頼できる調査会社を選び、今度は主人の動向も含めて占い師の調査をすることを決める。

調査会社からは、依頼してすぐに「この案件はまずい」「手を引いた方がいい」という警告があったが、倍の金を積んで強引に続けさせた。

「――沙良様を通して『きた本』の次期社長、津久井さんを調べるようにという依頼があったのは、その後間もなくのことです」

そこまで一気に語った目黒は、そう言って次郎と目を合わせた。

「あなたが嘘の報告をしてきた件ですね」

次郎がなんの躊躇《ためら》いもなくそう答えると、目黒は頷《うなず》く代わりにゆっくりと瞬きをした。

「やはり、そちらも同じ事実を摑《つか》んでらっしゃったのですね。おっしゃる通り、津久井さんはある夜、怯《おび》えたようにきた本を出て群馬の山間部へ向かったそうです。警戒からか、何度も車を乗り継ぎながら。しかし、山奥に行くにつれまったくひと気がなくなり、気付かれないよう追尾することが困難になりましたので、目的地は判明していませんが」

「それを黙っていた理由は？」

「先程申し上げました、私が独自で進めていた調査でも、占い師の立ち寄り先としてそことかなり近い場所が挙がっていたからです」

まさかの言葉に、澪は目を見開いた。

頭の整理がつかないまま、目黒はさらに続ける。

「まったくの偶然でしたが、その時点で、占い師と第六リサーチが調べている人物は、なんらかの繫がりがある、もしくは同一人物なのではないかという可能性が浮上しました。つまり、沙良様は相変わらず占い師と会ってその影響を受け続け、一方で、第六リサーチという別ルートからはその素性を追うという構図が出来上がってしまったのです」

「……もし同一人物だったと仮定して、我々が先に真相を明らかにした場合、宮川は思いもしないところで占い師の正体を知ることになる。……そうなると、宮川の立場が危険だと考えたんですね」

「ええ。占い師にとっては避けたい事態でしょうから。なので、ひとまずはこちらの調査結果については伏せるべきだと判断しました」

それは、とくに不自然な発想ではなかった。

ただ、そんなことよりも、淡々と続く二人の会話を聞きながら、澪は密《ひそ》かにパニックを起こしていた。

次郎はあくまで仮定として話を進めているが、占い師と仁明が同一人物であるという説を聞いてしまった以上、冷静でいられるはずがない。

次郎は青ざめる澪にチラリと視線を向けた後、重い溜《た》め息をつく。

「その占い師ですが、――我々がずっと追い続けている人間ともし同一人物だった場合、極めて危険です」

その神妙な言い方に、全身がゾクッと冷えた。

目黒の目にも、かすかな動揺が揺れる。

「それは、つまり」

「吉原不動産の過去の事件のことは、当然調べてらっしゃいますよね。……後継の男が殺された件です」

「……ええ。……幹部の方が逮捕されたとか」

わざわざ「幹部」と言う言葉選びには、事件のほとんどを把握しているからこそ敵《かな》う次郎への気遣いが感じられた。

しかし。

「ええ。……確かに実行犯の牧田《まきた》慶子《けいこ》は逮捕されましたが、陰で操っていた悪徳霊媒師は行方不明です」

「もちろん、それは存じ上げて――」

そう言いかけた瞬間、ふいに目黒の顔色が変わる。

「……まさか」

あまりの察しのよさは時に不憫《ふびん》だと、澪は思った。

目黒の頭の中ではすでに、占い師と、当時報道されていた悪徳霊媒師――仁明の存在が重なっているのだろう。

むしろ、仁明がどれだけあくどい手を使ってひとつの組織を蝕《むしば》んだか、どれだけの人の命を奪ったか、――さらには、これからなにをしようとしているかまで、すでに推測できているのかもしれない。

「沙良様は、つまり……、その男に利用されて……」

「教えていただいた占い師の人相は曖昧《あいまい》ですし、確信はありません。しかし、可能性はおおいにあります。……ちなみに我々は今日のこの瞬間まで、目黒さんが彼の、――仁明の手先であると考えていました」

目黒本人にわざわざ言ったということは、その可能性が次郎の中ですでに除外されていることを意味する。

次郎がどこで確信したのかはわからないが、澪もまた、目黒と仁明は無関係だと感じていた。

理由のひとつは、占い師が想定以上の危険人物である可能性を察した瞬間、最初に口にしたのが主人でも会社でもなく沙良への心配だったこと。

まるで機械のように落ち着き払っている目黒が取り乱す様子も、演技だとは思えなかった。

目黒は額に滲《にじ》む汗をハンカチで丁寧に拭《ぬぐ》いながら、一度ゆっくりと深呼吸をする。そして、元通りの冷静な視線を次郎に向けた。

「……私が手先であるとお考えになったキッカケは、嘘の報告の他に、アクアの件も関係していますか？」

「……アクアでの調査内容まで調べてらっしゃるんですね」

「そういうわけではありません。アクアは例外です。……というのも、先日第六リサーチの方々がアクアの調査をされている間に、沙良様に異変がありましたので。原因と思われるものは調べ尽くしました」

「異変？」

「ええ。……沙良様が早朝に玄関で倒れていらっしゃったのです。それも、普段出勤される時のままの格好で。防犯カメラを確認したところ、夜中にフラフラと邸宅を抜け出し、タクシーに乗り込む姿が映っていました。調べた結果、行き先は第六リサーチのオフィス。滞在時間は十五分程度です」

それは、オフィスの前に沙良によって民芸品が仕込まれていた日のことだと、澪はすぐに思い当たった。

「沙良様には、家を抜け出した前後の記憶はありませんでした。ただ、私はそのときに確信したのです。沙良様は、おそらくあの占い師からなんらかの洗脳を受けて操られ、利用されているのだと」

目黒から向けられる、同意を求めるかのような視線。

澪は、なかば無意識に頷いていた。

「その日の朝、民芸品が、――おそらく仁明が呪いに使っている道具なんですけど、それがオフィスの前に置かれていたんです。同僚がこっそり仕掛けたカメラに、沙良ちゃんの姿が映っていて……」

「仁明が使っている道具、ですか。ちなみに、第六リサーチが今もまだ仁明に狙われる理由は？」

「それは……、仁明は昔から吉原グループを逆恨みしていて……」

答えようとした瞬間、過去の調査で知った仁明の執念深さや、それを形にしたかのような残酷な事件がフラッシュバックし、澪は思わず口籠《くちごも》る。

一方、次郎はいたって冷静に、途切れてしまった澪の言葉の続きを口にした。

「新垣が言った通り、そもそも仁明があぁなった原因は、吉原グループに対する根深い逆恨みによるものです。しかし、吉原グループの破滅という目的は果たされないまま事件は暴かれ、身を隠したつもりが奇《く》しくも我々に尻尾《しっぽ》を摑まれてしまった。狙う理由は十分あります」

「……つまり、その仁明は私の主人を食い物にしながら、積年の遺恨を晴らすために、偶然第六リサーチと繫《つな》がっていた沙良様を操り利用している、という理解で間違いないでしょうか」

やはり目黒の理解は早く、そして冷静だった。さっき見せていた動揺も、跡形もなく払拭《ふっしょく》されている。

次郎は一度頷《うなず》いたものの、わずかに眉《まゆ》を顰《ひそ》めた。

「宮川が偶然第六と繫がっていた、という辺りは曖昧ですが。……それも、占い師の指示による可能性も」

その言葉を聞いた瞬間、澪の頭にふと、どうしても第六に入りたいと必死に訴えていた沙良の姿が過《よぎ》った。

もしあれが嘘だったらと考えた途端に全身から血の気が引き、心がずっしりと重くなる。

しかし。

「この局面で私の推測の話などは無意味かもしれませんが、おそらく第六リサーチへ入りたいという希望は沙良様の本心からのご希望かと。そもそも、第六リサーチの存在を沙良様に教えたのは占い師でなく伊原さんです」

「あ……、そうです、よね……」

はっきりとそう言い切った目黒に、澪はほっと息をついた。しかしその瞬間、別の疑問が頭を過る。

「でも、沙良ちゃんを操っていたのが目黒さんじゃないなら、今日のメモを私の鞄《かばん》に入れたのって……」

「私です」

「えっ……」

「新垣さんが退社された後、駅まで歩かれる間に」

「…………」

そう言われ、澪は唖然《あぜん》とした。操られた沙良の仕業だとばかり思い込んでいたけれど、まさか目黒本人によるものだったなんてと。

それにしても、違和感ひとつ覚えなかった自分の鈍さはともかく、やはり気配ひとつ感じさせない目黒には得体の知れない恐怖を覚えた。

動揺が収まらない澪を他所《よそ》に、次郎はさらに疑問を口にする。

「ところで、あなたの人間関係について少し教えていただきたいのですが、目黒さんと梶さんは、あなたからの投資を機に繋がったという話は本当でしょうか。……できれば、伊原との繋がりも教えていただきたい。……というのも、あなたは仁明との繋がりを否定しきれない人間たちとことごとく関わっていて、正直、きな臭く思えてならない」

その言葉には、目黒に対する疑念も晴れてはいないという気持ちがはっきりと滲んでいた。

思わず目黒の反応を確認するが、目黒は眉ひとつ動かさずに小さく頷く。

「確かに、そうお考えになるのは無理もありません。……私もまた、すべてを信じていただこうと思ってはいませんし。では……、目的とは無関係ですので完全なる余談となりますが、参考までに聞いてください。私が伊原さんと出会ったのは前職の、とある議員の秘書をしていた頃のことです。……まだ、沙良様とすら出会っていません――」

目黒の話によれば、伊原はその当時から、どんな依頼でも請ける〝便利屋〟として有名だったらしい。

汚職に染まりきった議員の秘書をする中で、目黒自身も何度となく、目的を伏せなければならないような調査依頼を伊原に投げたことがあると話した。

伊原はとても融通が利き、むしろ目的は伏せてほしいと、聞いてしまうと身動きが取り辛《づら》くなると言いながら、どんなことでも請けてくれたのだという。

そんな中、いつも口にしていたのは、「目黒さんが大物になったら稼がせてくれる人を紹介してくれ」という言葉。

梶を紹介したのは、その約束を忠実に守った結果だという。

「梶さんに関しては、長崎さんのご認識の通り、かつて私が個人的に投資していました。というのも、主人に新たな愛人ができた頃、沙良様の今後に万一のことがあったらと想定し、いくつか策を講じておりまして。投資はその一環です」

「梶さんは、当時まだ無名ですよね」

「その通りです。歌舞伎町で一旗上げたいという野心を持ち、彼は無謀にも私の主人に出資を打診したようですが、主人は彼のように目立つ人間を嫌いますから会いもしませんでした。ですので、後日私がお声がけをしたのです。彼は無茶ですがコミュニケーション能力が高く、不思議と人を惹《ひ》きつけるカリスマ性があります。彼の生きる世界において、それは才能と呼ばれるのではないかと思いまして」

「……なるほど」

その話を聞きながら、澪はふと、西新宿の調査の後に垣間《かいま》見た、梶の真面目な面を思い出した。

あんな様子を見てしまうと、目黒が信用した気持ちもわからなくはない。

そして。

「目黒さんって……、沙良ちゃんの環境がどう変わろうと、傍にいらっしゃるつもりなんですね」

澪がもっとも驚いたのは、目黒が沙良の将来のことまで案じていたという事実。思わず尋ねてしまった澪に、目黒はあっさりと頷いた。

「当然です。もちろん、本人が私を必要としなくなるまでの話ですが。私はそのような役割ですので」

「……そう、ですか」

目黒の言う「役割」が、もはや、主人の依頼の範囲を超えているであろうことは、なんだか野暮に思えて口にできなかった。

するると、目黒はチラリと時計に目を向け、小さく咳払《せきばら》いをする。

「では、余談はここまでにして本題に戻ります。私の望みは、沙良様が占い師から無事に解放されることです。具体的には、主人の元から占い師を引き離す以外にないと思っておりますが、沙良様が安全であれば結果は問いません。ただ、私は主人に雇われている立場ですので、あまり不自然な行動は取れません。解雇されてしまえば、傍に近寄ることすら叶《かな》いませんから」

「それで、外部の我々の協力を仰ごうと？」

「ええ。沙良様と行動を共にしていても不自然でない、第六リサーチの皆様の力をお借りできればと考えました。……もっとも、計画の時点では占い師が吉原不動産に遺恨を持っている想定をしていませんでしたが、逆に都合がよいこともあります。むしろ第六リサーチが占い師、――一旦《いったん》それが仁明という男であると仮定して、その標的であるならば、社員である沙良様を保護していただくことも不自然ではありませんから」

「……ちなみに、宮川を会社に置き続けることで、こっちの情報がすべて仁明に流れる危険性があるわけですが。……そんな状況で、仁明をお宅の主人から引き離す画策をしろと」

「無謀であることは承知です。ですから、これは依頼とさせていただければと。依頼となるならそれ相応の報酬をお支払いしますし、情報収集はもちろん、目的達成のための協力は惜しみません。占い師の動きはもちろん、また沙良様を呼び出すようなことがあればすぐに報告しますので、そちらにとっても利のある話では」

あくまで静かに繰り広げられる緊張感漂う応酬に、澪が入る隙はなかった。

ハラハラしながら様子を窺《うかが》っていると、やがて次郎が小さく肩をすくめる。

「……確かに、それはそうですね。多少、脅しに聞こえなくもないですが」

「今沙良様を解雇されては困りますので、否定はしかねます」

「潔くて結構です」

「請けていただけますか」

はっきりとそう言い放った目黒に、次郎はややうんざりした表情を浮かべた。

探りと含みと直球を繰り返す目黒に、すっかり消耗したのだろう。

しかし、次郎の目から迷いは見付けられなかった。

「不本意な点は多々あるものの、こちらにとって都合がいいことは確かに多い。あなたを信用しているわけではないですが、宮川が第六にいる以上は、こちらに下手なことはできないでしょうし」

「……では」

「依頼ではなく、この件が終わるまでの協力関係という形であれば。……うちはあくまで心霊調査をする会社ですし、面倒な相手からの依頼は請けない方針ですので」

次郎の遠慮のない言い方に、目黒の口元がほんのかすかに弧を描く。しかし、すぐに表情を戻し、一枚の紙を差し出した。

そこに書かれていたのは、電話番号とメールアドレス。

「プリペイド携帯の番号と、フリーメールのアドレスですので、今後の連絡はこちらに。長崎さんも念の為に専用の携帯をご用意ください。ただし、とくに込み入った内容を電話やメールでやり取りすることは避けたく、その場合は今日のような場所を用意します」

「わかりました」

「……では、本日はご足労いただきありがとうございました」

協力関係が成立するやいなや、目黒はそう言って深々と頭を下げた。

無駄を嫌う質《たち》なのだろう。それにしてもプリペイド携帯まで用意していた徹底ぶりはさすがだと思いながら、澪は目黒に会釈を返す。

そして、早々に部屋を後にする次郎に続こうとした、そのとき。

「新垣さん」

ふいに名を呼ばれ、思わず肩がビクッと跳ねた。

振り返るやいなや目黒の鋭い目に捉《とら》えられ、ドクンと心臓が揺れる。

しかし。

「……ありがとうございます」

目黒はそう言うと、ふたたび頭を下げた。

「あ、あの……？」

「沙良様の心を救ってくださって」

「心……？　そ、そんな大層なことをした覚えは……」

「いいえ。少なくとも私には成し得ないことでした。心から感謝しています」

「目黒さん……」

あなたの方がよほど救っているだろうに、と。

嬉《うれ》しそうに目黒のことを語る沙良の姿が一瞬頭を過《よぎ》ったけれど、二人の絆《きずな》の強さを考えるとわざわざ言うまでもない気がした。

「……あの」

「はい」

「全部終わったら、……卓球台のある温泉に沙良ちゃんと二人で行くんです」

変なことを口走ってしまったと思ったけれど、ほんのかすかに目を細めた目黒を見た瞬間、焦りは消えた。

「伺っております。……沙良様を、よろしくお願いいたします」

澪はもう一度頭を下げ、今度こそ部屋を後にする。

気付けば、目黒の印象は最初と比べて少し変わっていた。


「――えーと、つまり……、その占い師っていうのがまさに仁明本人っぽくて、今も変わらずお金持ちを食い物にしてお金を稼いでいて……、さらに今の標的は目黒さんの主人である政財界の某大物で……？　そんな中でウチがまだ仁明を嗅《か》ぎ回ってることに気付いて、宮川さんを使ってせっせと脅しをかけてる。……ってこと？」

週明けの退勤後、澪と次郎、そして高木と晃の四人は、吉原不動産の元第六オフィスに集まっていた。

目黒との接触の話を報告すると、晃はさすがの処理能力でややこしい内容をざっくりとまとめ、タブレットの相関図を修正していく。

「目黒の話をすべて信じるなら、そうなる」

「なるほど。ま、宮川さんを救いたいっていう目黒さんの大々前提を中心に考えれば、聞いた内容は嘘ついていても仕方がないことばっかだよね。もちろんその前提が嘘だった場合はいろんな部分が崩れるわけだけど」

晃はタッチペンで頭を掻《か》きながら、悩ましげに眉《まゆ》を寄せた。

ふと、澪の脳裏に、別れ際に澪に頭を下げた目黒の姿が浮かぶ。

「私は……、目黒さんが沙良ちゃんを守りたいっていう気持ちは、本物だと思う」

から……」

「そうだけど……、でも私は沙良ちゃんからも目黒さんからも互いの話を聞いてるし、中にはずいぶん昔の話もあったのに、辻褄《つじつま》が合わないって感じることは一度もなかったから……」

「……また勘？」

　それがなんの証明にもならないことはわかっていたけれど、言わずにはいられなかった。

　しかし、晃はとくにそれを追及することなく、相関図に視線を戻す。

「まあ、そもそも今回の件って絶対的に信じられる情報が全然ないわけだし、そんな中で信憑性《しんぴょうせい》が高いランキングをあえて付けるなら、目黒さんの動機は上位かもね。事前に聞いてた目黒さんの印象から考えたら、全然キャラに合ってないけど。お目付役がお嬢様を守りたいだなんて、もう映画じゃん」

　澪としても、キャラ云々《うんぬん》の話には正直同意だった。

　ただ、嘘をつくならわざわざキャラに合わない設定を選ぶ必要はなく、そういう意味では妙なリアルさがある。

　すると、高木は怪訝《けげん》な表情を浮かべ、横からタブレットを覗《のぞ》き込んだ。

「……晃が言った通り、手放しで信用できる情報が本当に少ないよね。目黒さんからもらう情報も、可能な限りこっちで裏を取った方がよさそう。疑念を抱えながら動くのは神経使うけど、今回ばっかりは仕方ない」

「確かに、そうですね……」

高木の言葉で、オフィスに漂う空気が重さを増す。

それは無理もなく、仁明が生きているという疑惑が持ち上がってからというもの、澪たちはの神経はひたすら擦り減る一方だった。

しかし、次郎だけはまったく疲れを感じさせない様子で、相関図の仁明の箇所に書き足された「占い師」という文字を指差す。

「とはいえ、仁明である可能性が高い人物の存在が浮上しただけでも、俺らにとってはかなりの収穫だろう。これまでは足取りすらまったく摑《つか》めなかったが、上手《うま》くやればそう遠くないうちに接触できる可能性もある」

「でも……危険だよ」

「ただ待っていてもどうせ危険だろ」

「それは……、そうかもしれないけど」

高木は頷《うなず》きながら、渋い表情を浮かべた。

昔からもっとも澪たちの安全を気にかけてくれている高木は、西新宿での調査後に報告をすると、携帯が繫《つな》がらないことに気付かなかった自らを責めた。

高木にはなんの責任もないのに、なにもできなくてごめんと謝ってきたときの表情は、今も澪の胸に焼き付いている。

「……なにか俺にもできることがあればいいけど」

その呟《つぶや》きが、高木のジレンマを物語っていた。

澪はたまらない気持ちになって、高木を見上げる。

「そんな、十分です……。むしろ、高木さんは第六の所属じゃないのにいつもサポートしてくれて……」

「いや……、ごめん、そんなこと言わせちゃって。とりあえず、目黒さんの情報の裏取りは俺が担当するから、なにかあったら報告して。……とにかく、無理だけはしないでね」

「高木さん……」

なかば強引に話を切られてしまって、澪は肩を落とす。

すると、みるみる重くなっていく空気を薙《な》ぎ払うかのように、晃が勢いよく立ち上がった。

「まー、とにかくさ、目黒さんから情報が届かない限りはどうせなにもできないわけだし。……あんま重くならずに待ってようよ。ってか澪ちゃん、お腹すいたからご飯行こ」

「え、でも……」

「どーせ早く帰ったって家でビクビク怯《おび》えてるだけでしょ。……高木くんはグズグズ悩みそうだし、部長さんは部長さんでよからぬことを考えそうだから一緒に行こうよ」

「……こ、晃くん」

「ね。行こう。この空気第六らしくないじゃん」

その言葉で、澪と高木は顔を上げる。改めて指摘されると、比較的通常通りの次郎や晃と違い、自分と高木はあまりに憔悴《しょうすい》していた。

「そうだね。……先は長そうだし、このままじゃ気持ちが持たないかも」

高木も納得したのか、静かに頷く。

「澪ちゃんもいいよね？」

「あ……、う、うん」

澪もまた、晃の勢いに押されて首を縦に振った。

「おっけー。部長さんは強制として、伊原さんも呼ぶ？……あー駄目か。あの人微妙に疑われてるんだった。うける」

次郎はデリケートな内容を笑い飛ばす晃に呆《あき》れた表情を浮かべながらも、強制されたことについて異論を唱える様子はない。

澪は、強引ながらもあっさりとまとめ上げてしまった晃に感心しながら、ふと、さっき口にしていた「第六らしい」という言葉を思い浮かべていた。

確かに「第六らしくない」雰囲気というものは存在する。ただ、その雰囲気を作る上でもっとも必要不可欠なのは、晃に他ならない。

「澪ちゃん、のんびりしてないで支度して」

「ご、ごめん」

考えごとをしているところを急《せ》かされ、澪は慌てて荷物をバッグに詰める。

そして、どんなときも自然体の晃にどれだけ救われてきただろうかと、しみじみ考えていた。


目黒との二度目の会合は、横浜で会った日から約一週間後の夜に行われた。

次郎と一緒に向かったのは、第六のオフィスから程近い、新橋《しんばし》にある地下のワインバー。

ここも目黒の息がかかった店なのだろう、あらかじめ指示された通り「close」の札が架かった扉を開けると、バーテンダーがなにも言わずに店の奥のワイン庫に通してくれた。

中は前回の時計店横から入った「物品倉庫」と同様にずいぶん窮屈だが、今回は携帯の電波すら入らず、情報が漏れないようにという観点では最適と言える。

こうして都合のいい場所を提供してくれることは澪たちにとってもありがたいが、逆に目黒という人間の得体の知れなさが際立つ一方だった。

実際、目黒自身から、前職で議員の秘書をしていた頃、人に言えないような調査にも関わったという話を聞いている。

さらに言えば、そんな男を娘のお目付役として雇う主人とはいったい何者なのだろうと、疑問を浮かべればキリがない。

薄暗いワイン庫で少しずつ緊張を募らせていると、やがて、小さな物音とともに目黒が顔を出した。

「これまでの頻度からの推測ですが、沙良様は近いうちに占い師に呼び出されると思います」

挨拶《あいさつ》もそこそこに早速本題に入り、澪の心臓がドクンと揺れた。

目黒が無駄を嫌う質《たち》であることは察しているものの、なかなか気持ちが付いていかない。

一方、次郎はある程度内容を予想していたのか、動揺ひとつ見せずに頷いた。

「ちなみに、場所は」

「毎回変わりますが、そう多くはありません。主人の持つ私邸のいずれか、もしくは沙良様の別荘です。ちなみに、場所と時間についての連絡はいつも直前です。早くとも、二日前ですね」

「余計な準備をさせないためでしょう。……しかし、そんな急な決定で、目黒さんの主人は同席できるんですか？」

「主人はおそらく、ここ数ヶ月は同席していません。主に主人の私邸が使われていたときは気付きませんでしたが、別荘が使われるようになり、主人のスケジュールを確認して気付きました」

つまり、占い師と沙良は二人きりで会っている可能性が高い。

澪は、無性に嫌な予感を覚えた。

「……なるほど。ところで、宮川の別荘というと清里高原《きよさと》の？」

「ええ、沙良様が専用でお使いになっている別荘です。以前、沙良様より伊原さんを通じて調査をお願いしましたね」

沙良の別荘と聞いて思い出すのは、大自然の中にポツンと佇《たたず》む無機質な建物。

調査当時、依頼主の詳細はほとんど明かされず、沙良のことはもちろん、その一般的でない家庭環境もまったく知らされなかった。だからこそ、別荘の佇まいがより異様に映ったけれど、今となればなんとなくしっくりくる。

「もし主人の私邸を指定された場合は、こちらは手の出しようがありません。中も周囲も関係者だらけですし、セキュリティが強力ですから。おそらく、主人の側近にもすべてのセキュリティを把握している人間はいません」

「では、占い師の姿を確認したい場合は、別荘に呼び出される機会を狙うしかないということですね」

「その通りです。ただ、場所に限らず常に私が送迎しているのですが、使用頻度の高さは別荘が圧倒的です。おそらく占い師も、主人の私邸でのセキュリティに居心地の悪さを感じているのでしょう」

「……なるほど」

占い師が怯《ひる》む程のセキュリティがどれ程のものか澪には想像もつかないが、悪いことを画策している人間ならば避けたいのは当然だった。

その点、良くも悪くも父親からの強すぎる愛情から解放された沙良の別荘ならば、主人の私邸とは比較にならないだろう。現に、過去の調査ではストーカーがあっさりと庭に侵入している。

「つまり、今回の目的を果たすには、沙良様が別荘に呼び出された際に周囲で待機するというのが、唯一の現実的な方法です。――が、その場合も問題はありまして。別荘は設備自体のセキュリティが甘い分、占い師の警戒が強まります。別荘内への同行は許されず、お連れした私もずいぶん離れたところで待つよう指示されますし、おまけに占い師は気味が悪い程に察しがいい。以前、私が依頼した調査会社の人間を敷地の近くに潜ませていたことがあるのですが、その日は占い師が別荘に現れず、今後は厳重に人払いをするようにと連絡がありました」

「敷地の外にいても、ですか」

「ええ。いったいどういう方法を使っているのか想像も付きませんが、どうやら人の気配を察知できるようです」

「式神ですね、おそらく」

「は?」

迷いなく答えた次郎に、目黒は虚をつかれたような表情を浮かべた。

それも無理はなく、澪たちにとって式神はすっかり聞き慣れた単語だが、ほとんどの人にとってはそうではない。

「霊能力者がよく使う手段のひとつです。用途は様々ですが、いわゆるセキュリティと同じような使い方もできる。おそらく、異質な気配に反応させる仕組みにしているのでしょう」

「……そんなことが」

「できます。もし占い師が仁明だった場合は、造作もないことです」

目黒は珍しく、少し困惑している様子だった。

「……なるほど。……ただし、そうであった場合はむしろセキュリティ以上に接近が困難になるということでしょうか」

「普通に考えればそうですが、ただ、式神の場合は対策のしようがあります」

「対策、といいますと」

「こちらも式神を使えばいい。式神は、気配を誤魔化すことも可能ですから」

次郎の言葉を聞いて思い出すのは、きた本の調査のときに使った方法。あのとき、澪は自分の気配を誤魔化すために、沙良の念が込められた式神を持ち歩いた。

確かに、今回も同じ方法を使えばばれずに別荘付近に潜むことが叶《かな》う。

「式神……、なるほど」

一応頷《うなず》いてはいるものの、目黒の瞳《ひとみ》には相変わらず困惑の色が揺れていた。

澪はその珍しい表情を見ながら、沙良は目黒に調査に関する詳細をまったく話していないらしいと察する。

調査内容が社外秘であるという前提は一旦《いったん》置いておいて、沙良と目黒の特殊な関係性を考えれば当たり前に伝わっているだろうと思っていたぶん、それは少し意外だった。

一方、次郎は淡々と話を続ける。

「式神に関しては、我々よりもはるかに造詣《ぞうけい》が深い協力者がいますので、一度相談してみます」

「霊能力者、ということでしょうか」

「ええ。信用できる人間ですので、ご心配なく」

「いえ、そこを心配したわけでは。ただ、単純に、驚きまして」

言葉を止めた目黒に、澪と次郎が同時に視線を向ける。目黒は少し間を置き、促されるように続きを口にした。

「心霊調査を生業《なりわい》とするお二人を前にして失礼な物言いであることは承知ですが、沙良様がおっしゃる霊感というものの存在を、私は正直、もう少し曖昧《あいまい》なものだと捉《とら》えていました。占い師の手段も、所詮《しょせん》はただの洗脳に過ぎないと。……しかし、長崎さんのお話を聞きながら、そのような能力を当たり前に利用する世界が明確に存在することを認識しました。……改めて、沙良様が第六リサーチを居心地よく感じていらっしゃる理由を理解した気がします。……もっと早く知っていれば、沙良様の抱える葛藤《かっとう》にもう少し寄り添えていたかもしれませんね」

最後はまるでひとり言のように寂しげだった。

澪の脳裏にふと、沙良が話してくれた過去の辛《つら》い経験が蘇《よみがえ》ってくる。

霊に憑《つ》かれて大切な友人を失ってしまったことや、父親のことで思い悩む母親の生き霊を視《み》てしまったことなど、霊と無縁の生活をしている人間からすれば、とても受け入れ難い話であることは想像に難くない。

当時の目黒がそれを相談されていたとして、立場上それを疑うことはしなかったにしろ、普段通りに親身になれたかどうかはわからない。

少なくとも、こうして悔やむ程度には戸惑っていたのだろう。

目黒は悪くないのにと、澪の心にもどかしさが渦巻く。

しかし、なにも声をかけられないまま、目黒は突如我に返ったかのように一度首を横に振った。

「ともかく、私は霊感を持ちませんし、そもそも頭の固い人間ですので、式神というものはよく理解ができません。……が、もはや私が理解する必要はない。沙良様を救うことができる手段のひとつとして、今回はそちらのお力を頼りにさせていただきます」

その言葉から、藁《わら》をも摑《つか》みたいという必死さが感じられた。

次郎は静かに頷く。

「ひとまず、我々はいつでも対応できるよう式神の件を含め準備を進めます。目黒さんは引き続き、状況を知らせてください」

「ええ、わかりました。占い師から別荘に呼び出しがあった際にはすぐに連絡を差し上げます」

目黒はそう言うと、深々と頭を下げる。

そうして、二度目の会合は終了となった。

ワインバーを出るやいなや、冷え切った夜の空気に体温を奪われる。

けれど、緊張に不安に、やり遂げなければならないという気概にと、さまざまな思いが心を駆け巡っているせいか、寒さは感じなかった。

「少しずつ、進んでる感じがしますね」

そう言う澪に次郎は頷き、携帯を操作する。おそらく、東海林に相談の約束を取り付けているのだろう。

「……また東海林さん頼りになるのは心苦しいが」

メールの文面を作りながら零《こぼ》した呟《つぶや》きに、澪の心が小さく痛んだ。

「本当に、そうですね……」

叶うならば、自分たちの力でなんとかしたいというのが本音だった。けれど、もし占い師の正体が仁明であり、その力を封印する局面まで辿《たど》り着いた場合は、どうしても東海林の力に頼らざるを得ない。

そのことを考えはじめると、仁明によって繰り返される不幸を止めねばならないという思いと、東海林にはようやく手にした安らぎを満喫してほしいという願いがいつも葛藤する。

もちろん、その二つは同居できず、良い塩梅《あんばい》で折り合いが付くこともない。

いろいろな意味で覚悟を決めなければならないと、澪はすっかり冷え切って感覚を失った拳《こぶし》をぎゅっと握り締めた。


「――式神で気配を誤魔化す手段ですが、今回は宮川さんの念を使うのは難しいのではないかと」

翌日の始業前、東海林の部屋を訪ねて式神のことを相談した澪と次郎に、東海林は渋い表情を浮かべた。

「え……、どうしてですか……？」

それ以外の手はないと考えていた澪は、まさかの言葉に動揺する。

次郎はそんな澪を制し、東海林に視線で続きを促した。

「前回は皆さんの気配を曖昧にすることが目的でしたが、今回は、別荘の周囲にどんな不自然な気配もあってはならないわけですよね。しかも相手は仁明――いわば最高峰の能力者である可能性が高いわけですから、宮川さんを呼び出し、それと似た気配が庭に潜んでいたなら、むしろ違和感を覚えます」

それは、納得せざるを得ない説明だった。

東海林はさらに言葉を続ける。

「おそらく、宮川さんの念が分散していることまで察するでしょうし、その場合はこちらに能力者が関わっていることにも気付かれてしまいます。相手の警戒心が強い場合は、この先しばらくは隙を見せなくなるかもしれません」

「確かに、その通りですね」

次郎は静かに頷き、そのまま黙り込んだ。

東海林が言うように、警戒されて接触の機会が減るのは避けたく、失敗は絶対に許されない。

仁明は過去に警察の大掛かりな捜索からも逃げきっているし、もし警戒して身を隠されてしまえば、せっかく集めた情報も無駄になってしまう可能性がある。

ただ、その一方、仁明を追う上で沙良との面会が唯一の隙であり、無駄にできないこともまた事実だった。

心の中に、もどかしい思いが込み上げてくる。

すると、そのとき。

「ただ、――式神で気配を誤魔化す方法に問題なく協力できる者が、一人だけ、いるにはいるのですが」

突如、東海林がそう口にした。

「どういうことですか……？」

思いもしなかった言葉に、澪は勢いよく顔を上げる。

すると、東海林は少し複雑な表情を浮かべ、膝《ひざ》の上に抱えていた、佳代の魂が宿る市松人形をテーブルの上にそっと載せた。

「私としては正直悩ましいところですが、……さっきから、どうしても自分がと煩《うるさ》いのです」

澪は驚き、思わず目を見開く。

「あの……、協力できる者ってまさか……」

すべてを言い終えないうちに、東海林は静かに頷《うなず》いた。

「ええ。この子です」

「そんな……、佳代ちゃんまで巻き込めません……！」

悩むまでもなく、澪は咄嗟《とっさ》に首を横に振る。

混乱する頭でも、それだけはしてはならないという思いだけは明確にあった。

佳代は魂がバラバラになったまま長い年月を彷徨《さまよ》い続け、ようやく平穏な日々を迎えたばかりだ。

おまけに、佳代は市松人形の目を通して仁明の悪事を一部始終見てきている。これからは親子で穏やかに過ごしてほしいと願っていた矢先、当時の怖ろしい記憶を呼び覚ますようなことだけはどうしても避けたかった。

「澪さん、聞いてください。佳代の念を式神に入れて持っておけば、たとえ別荘に潜んでいても不自然な気配にはなりません。なにせ、この子はずっとあの辺りを彷徨っていたのですから」

東海林が語ったのは、これ以上ないくらい説得力のある方法。しかし。

「……駄目です。絶対無理です」

澪は、揺れてしまいそうな気持ちを必死に奮い立たせ、もう一度首を横に振った。

そんな澪に、東海林は困ったように目を細める。

「ありがとうございます。親として、そう言ってくださる気持ちは嬉《うれ》しいです。仁明のように、平気で魂を道具のように扱う人間が存在する世の中ですから。……ただ、さっきも言った通りこの子がどうしてもと」

「そんなこと言われても困ります。……東海林さんだけでなく佳代ちゃんにまで負担をかけるなんて……」

澪は頑《かたく》なに拒みつづけた。

すると、東海林はポケットからおもむろに折り鶴を取り出し、佳代の横にそっと並べる。

折り鶴の中に佳代の願いが込められていることを知っている澪は、戸惑いに瞳《ひとみ》を揺らした。

東海林は折り鶴の羽に優しく触れながら、ふたたび口を開く。

「私は、残りの人生をかけ、佳代の願いをすべて叶《かな》えてやろうと思っていました」

「……はい、そうおっしゃってたこと、覚えてます……。だからなおさら……」

「それが、昨年中国に行って気付いたことがありまして。……以前、佳代の願いには変化があったと言いましたよね。覚えていますか？」

　それは、仁明の力を封印したいと相談に行ったときに東海林が口にしていた言葉だった。

　あのときは詳しく語ってくれなかったけれど、今も心の片隅に引っかかっている。

「はい、覚えてますけど……」

「まさにその言葉通りなのですが、かつての佳代の願いは増えていたり消えていたり、またずいぶん能動的なものになったりといろいろ変化をしていまして。当然ですよね、長い年月が流れましたから」

　話の行き着く先が見えず、澪はただ黙って続きを待った。

　すると、東海林は佳代の艶《つや》やかな髪をそっと撫《な》でる。

　その瞬間、佳代がコトンと音を立てて首を動かし、澪を見上げた。そして。

「彼女は、あなたのことがとにかく気がかりで、助けたいのだそうです」

　東海林が佳代を代弁するようにそう口にした。

「東海林さん……」

「今の私は、彼女の願いをひとつでも多く叶えるために生きています。ですから、それが佳代の願いならば受け入れます。……中国に行き、あなたの危機を知ってからというもの、佳代はあなたのことばかり気にかけ、せっかくのパンダすら霞《かす》んでしまう程でした。澪さんだけでなく、人に救われたことで、人を救いたいという思いが強く生まれたようで……、いや、この話はまた改めてしましょう。ともかく、こちらはせっかく願いを叶えようとしているのに、それではあまりに甲斐《かい》がない。優先順位を考えなおさねばならないと考えていたところです」

「そんな……」

「受け入れていただかないと、私は次の計画を始められません。残された時間がなくなる前に、どうか願いを叶えてやってください」

「………」

なんて温かく、そしてずるい言い方だろう、と。

優しく細められた東海林の目を見ながら、澪はそう考えていた。

澪が困っているとき、東海林は手を差し伸べながら、いつも澪が手を取りやすい言葉を用意してくれる。

それはとても嬉しく、少し苦しい。

「……東海林さんには、もうご自分のことだけを優先させて生きてほしいのに」

「ええ。そうしています」

「……ずるい」

「なにせ破戒僧ですので」

冗談めかして笑う東海林を見ていると、全身から一気に力が抜けた。

「佳代ちゃん、……ありがとう」

澪は佳代の小さな手にそっと触れる。

その手には、まるで命が宿っているかのような、ほんのりとした温《ぬく》もりがあった。


目黒から連絡があったのは、二度目の会合からわずか三日後のこと。

次郎に届いた『今週　金曜　別荘に二十二時』という短いメッセージを見た瞬間、背筋がゾッと冷えた。

連絡は直前になると聞いてはいたが、金曜まではたったの二日。

今回の主な目的は占い師が仁明であるかどうかを確認するためであり、いつものような大掛かりな準備はないが、当日は澪と次郎が調査に行く体でオフィスを外すという設定にしたため、沙良が不自然に思わない程度に機材を準備する必要があった。

そして、当日。

澪たちは夕方にオフィスを出て東海林から式神を受け取ると、ひとまず沙良の別荘に向かった。

オフィスには晃が残って沙良の動きを報告してもらうことになっていたし、もちろん高木にも知らせてある。

週末だが高速はさほど混んでおらず、到着予想は二十時過ぎ。

時間がかなり限られていたにしては、順調なスタートだった。

とはいえ、ついに仁明と接触するかもしれないと考えると、これで本当に万全なのか、澪には正直よくわからない。

ただ、もはや麻痺《まひ》してしまっているのか不思議と恐怖心はなく、澪は山梨へ向かう車に揺られながら、窓の外の暗い山々をぼんやりと眺めていた。

膝の上にはマメ。

今回の唯一の救いは、マメが一緒にいても問題ないという東海林の判断。

動物霊は気配がそもそも弱く、生きている動物とも見分けが付き辛《づら》いらしい。とはいえ、マメが異質な存在であることも確かだからと、なるべく吠《ほ》えたり威嚇したりなど、気配が目立つようなことをさせないようにと念を押された。

普通なら難しい注文だが、言葉を正確に理解しているマメにその心配はない。そもそも今回は直接占い師と対峙《たいじ》するわけではないため、威嚇しなければならないような展開を想定していなかった。

澪はマメの背中を撫でながら、小さく息をつく。

「……怖いか」

ふいに次郎から飛んできた質問に、首を横に振った。

「いいえ。変だけど、今は怖くないです。でも、考えはじめたら怖くなっちゃいそうなんで、無心で景色を観てます。……まあ、真っ暗なんですけど」

「お前らしいな」

次郎の声色は落ち着いていた。おそらく、そう聞こえるよう繕っているのだろうと澪は思う。人生をかけて捜し続けた兄の仇《かたき》に手が届きそうな今、次郎が平静でいられるはずがなかった。

やがて車は高速を降り、深い山の中をどんどん奥へと進んで行く。

もはや地図がいらないくらい何度も来ている場所だけれど、この道を明るい気持ちで通ったことは一度もなかったと、澪は改めて考えていた。

間もなく別荘の付近まで来ると、次郎は地図を確認しながら細い道を通って別荘を迂《う》回《かい》し、少し路肩が広くなっている道沿いに車を停める。

別荘にすでに式神が仕込まれていた場合、反応しないように警戒しているのだろう。

間もなく見覚えのある景色が広がり、辺りを見回すと、すぐ先には妙恩寺に続く細い道が確認できた。

「あれって妙恩寺の入口ですよね。ここまでの迂回路なんてあったんだ……。こんな山奥で、よく見付けましたね」

「高木が調べた。この辺りに別荘が増えたことで私道も増えたらしい」

「さすが、抜け目がない……」

高木の相変わらずの細かい配慮に、澪は感心する。

そして、ふと妙恩寺の方向に視線を向けた。

もちろんここからではなにも見えないけれど、この独特な雰囲気も、風景も、全身がはっきりと記憶している。

ここには恐ろしい記憶が多くある一方で、マメや佳代を救うことができた場所でもあり、心の中に広がる感情は、そう単純ではなかった。

次郎はエンジンを切ると、小さく溜《た》め息をつく。

「任せて悪い。……本来なら、俺が行くべきところだが」

「そんなこと言わないでください。仁明の顔を知ってるのは私だけですし、佳代ちゃんの念で気配を隠すなら女性じゃなきゃ」

「それは、そうだが」

「大丈夫ですよ、しっかり確認してきますから」

信用されてないわけではないとわかってはいたけれど、そうとでも言わなければ余計に気を張ってしまいそうだった。

澪はそう言って笑うと、晃から預かった小型のビデオカメラと双眼鏡、そしてインカムを手に車を降りる。

占い師がどこまで察知できるかわからないからと、携帯する機材はすべて電波の影響を受けないものを選ぶ必要があり、装備は最小限となった。

たった一人で装備も少ないとなると大きなプレッシャーもあったけれど、日に日に追い込まれていく不安の中、なんとか状況を変えたいという思いの方が強く、もはや躊躇《ちゅうちょ》はなかった。

外から運転席の方に回ると、次郎は窓を開ける。

「行ってきますね」

「異変が起きたら無理せずすぐに退けよ」

「わかってます」

「わかってないから何度も言ってる」

「……えっと、じゃあ、善処します」

この局面で笑えていることが、自分でも不思議だった。

変な度胸がついたものだとしみじみ思いながら、澪は次郎に手を振り車を離れる。

しんと静まり返った道を歩きながら、澪はフードを深く被《かぶ》った。

一人になった途端に胸ポケットに仕込んだ佳代の気配をより強く感じられ、澪は式神にそっと触れる。

「大丈夫？……嫌なことを思い出してない？」

問いかけると、まるで返事をするように式神がじんわりと熱を持った。

足元では、マメが先導してくれながら、ときどき振り返って澪の様子を窺《うかが》っている。

「私は大丈夫だよ」

そう答えると、マメはふわりと尻尾《しっぽ》を振った。

やがて沙良の別荘に着くと、澪は注意深く庭に侵入し、ひとまず自分の身を隠せる場所を探す。

玄関とリビングが見える場所でなければならず、散々ウロウロしながら最終的に選んだのは、奇《く》しくも以前ストーカーが潜んでいた場所だった。

多少の抵抗は感じたものの、そこは綺麗《きれい》に刈り込まれた低木が壁となって無理なく身を隠すことができる。もはや文句を言っている場合ではないと、澪は渋々ながらもそこに潜むことを決めた。

それから改めて建物の方に目を向けると、リビングにかかった分厚いカーテンを端から確認し、一部に開いたほんのわずかな隙間を見つける。

それは、目黒が先んじて信頼できる人間に指示をし、手配してくれていたものだ。不自然にならない程度の隙間は少し頼りないが、なにも見えないよりはずっとマシだった。

ともかく場所が決まり、時計を見ると、時刻は二十一時二十分。

約束の時間まではあと四十分しかない。

とはいえ、冬の清里高原の寒さは想定以上で、かなりの厚着をしているのに体温がみるみる奪われ、ここで待機するのはかなりの忍耐力が必要だった。

早くも手の感覚がなくなり、カメラを自分の目線に合わせて胸元にセットするという単純作業にずいぶん手間取りながらも、なんとか準備を終えた澪はようやくインカムをオンにする。

「……準備できました。まだ誰も来てません」

次郎に報告すると、「了解」と短い返事が戻った。

声がやや緊張感を帯びているのは、時間が差し迫っているからだろう。

澪はマメを抱き抱え、その背中に顔を埋《うず》めてゆっくりと呼吸をした。

体温はないのに不思議と温かく感じられ、澪の心をじわじわ落ち着かせていく。

しかし、そのとき。

ふいに、マメの耳がピクッと反応した。

それと同時に、車のエンジン音が響く。こっそり顔を上げると、別荘の前の通りにヘッドライトの光が見えた。

澪は慌てて姿勢を下げ、枝の隙間から様子を窺う。すると、車はドアの音を二度響かせ、すぐに遠ざかって行った。

一瞬緊張したものの、玄関に向かう見慣れたシルエットを確認し、澪はほっと息をつく。どうやら、目黒が沙良を連れてきたらしい。

「次郎さん、沙良ちゃんが着きました」

「わかった。気を抜くなよ」

澪は頷《うなず》き、何度目かわからない深呼吸をする。

やがてリビングに照明が灯《とも》り、カーテンの隙間から、かすかに動く人影を確認することができた。

澪はふと、以前調査に訪れたときに見た、別荘の中の様子を思い浮かべる。

そして、あのだだっ広いリビングに一人で過ごす沙良の姿を想像した。

家庭環境も住む世界もまったく違う沙良の感覚はわからないけれど、こうして傍から見ていると、どうしても寂しそうに感じられてならない。

温泉宿での卓球や友人との旅行など、普通なら簡単に叶《かな》えられそうなことを目を輝かせて語る姿を思い出すと、なおさらだった。

一刻も早く沙良を占い師から解放し、失いつつある父親からの愛情を補っても余りある程の楽しい思い出を作ってあげたいという思いが、心の中で次第に膨らんでいく。

しかし、今はまだ、澪たちを隔てるたった一枚のガラスがずいぶん分厚く感じられた。

時計を見れば、時刻は二十一時五十一分。

指定の時間まで十分を切り、緊張は最高潮に達していたけれど、使命感からかすでに腹は据わっていた。

澪は周囲の物音と気配に集中しながら、来たるときを待つ。――しかし。

それが現れたのは、あまりにも突然だった。

物音どころか気配すらなく、澪の視線の先で唐突に揺れた、黒いコートの裾《すそ》。

一瞬なにが起こったのかわからず、澪は玄関に向かう人影を見つめながら、ただただ呆然《ぼうぜん》としていた。

玄関のドアが閉まった瞬間に我に返ったものの、それでも理解が追いつかない。

というのも、黒いコートの人物からは、生き物とは思えないくらいに気配が感じられなかった。

音もなく現れ、スルリと玄関の中へ消えて行く姿は、実際に目にしても現実味がない。

「次郎、さん」

「どうした」

「占い師が、来ました……」

「姿を見たか？」

「黒いコートで全身を覆っていたので、シルエットだけ……。っていうか……」

「澪？」

放心している澪に違和感を覚えたのだろう、次郎が心配そうに名を呼ぶ。

けれど、今見たものを、澪にはうまく表現することができなかった。

「なんか……、あんなに気配って消せるのかなって……」

「落ち着け。奴は警戒心が強い。術を使ってる可能性もある」

「そう……ですよね」

確かに、霊能力者ならば、まさに東海林がやるように、自分の気配を操作することができる。ただ、頭では納得できていても、気持ちが付いていかない。

それくらい、さっき見た姿は異様だった。

澪は無理やり気持ちを立て直し双眼鏡を取り出す。

しかし、カーテンの隙間から占い師らしき姿は確認できず、沙良が横切る姿が一度だけ見えたものの、それ以降なんの動きもなかった。

まさに今洗脳が行われているのではないかと、想像した瞬間、背筋に嫌な汗が滲《にじ》む。

「次郎さん、占い師はもう別荘の中なので、もう少し窓に近寄ってみますね」

「……気を付けろよ」

「はい。リビングが思った以上に明るいので、上手《うま》く闇に紛れられると思います」

幸いというべきか今日は月が出ておらず、明るい部屋からでは、おそらく庭の景色はほとんど見えない。

たとえ相手が最高峰の霊能力者だとしても、肉体の機能には限界がある。

澪はゆっくりと庭の端へ移動し、建物に近寄ると、リビングの窓の端に座り込んで息をついた。

そこからカーテンの隙間までは数メートル。

澪は窓枠から地面までの五十センチ程の隙間に身を隠し、地面を這《は》うようにじりじりと進んだ。

しかし、無理な姿勢はあっという間に体力を奪い、たびたび止まって呼吸を整える必要があった。

想像以上に消耗の激しい動きだが、地面が芝だったことは唯一の幸運と言える。もし砂利だったなら、この体勢で音を立てずに動くなんてまず不可能だろう。

やがて、隙間まで数十センチとなったところで、澪はひとまず息をついた。

ただ、すぐ先に仁明がいるかもしれないと思うと、激しい鼓動だけは抑えられなかった。

もちろん、占い師は全身どころか顔も覆っていると聞いているし、たとえ見えたところで仁明かどうかを判断することは難しいかもしれない。

けれど、澪には、動く仁明の姿を見ている自分にならあるいは、という確証のない自信があった。

緊張を必死に抑えながら、澪はようやくカーテンの隙間の真下まで到達し、ゆっくりと姿勢を上げる。

そして、リビングを覗《のぞ》き込もうとした、そのとき。

突如、すぐ先の地面がほんのかすかに動いた気がした。

たちまち込み上げる、嫌な予感。

視線を向ければ、部屋から漏れる灯りに照らされた地面の一部が、少しずつ盛り上がっているように見える。

澪は声を出してしまわないよう口を覆い、固唾《かたず》を吞《の》んで様子を窺った。

マメもまた、耳をぴんと立て、唸《うな》りこそしないものの全身から強い警戒を滲ませている。

目の前でなにが起きようとしているのかは、想像もつかない。けれど、動物や虫であってほしいという願いが絶望的であることだけは、みるみる濃くなっていく異様な空気から察していた。

そうこうしているうちにも地面はさらに盛り上がり、やがて表面の芝生が割れ、ふわりと土の香りが漂う。

裂け目の頂点から転がり落ちた小石が、音もなく周囲の芝に埋もれていった。――そして。

「……っ」

中から現れたなにかに、澪は思わず息を呑む。

悲鳴を上げずにいられたのは、ある意味奇跡だった。

地面から現れたのは、――人の顔。木目の顔面にぽっかりと開いた二つの穴が、澪をまっすぐに捉《とら》えた。

これは木偶《でく》人形だと、すぐにわかった。

澪は無我夢中で引き返し、木偶人形と距離を取る。

体力はすでにかなり消耗しているが、混乱と焦りはそれすら麻痺《まひ》させた。

そして、ようやく窓の端まで戻ると、現れた木偶人形に視線を向ける。

幸い木偶人形の動きは遅く、ゆっくりと首を地面から出すと、今度は腕を伸ばし、芝に指を立てた。

「次郎、さん……」

声は弱々しく震えていた。

「どうした」

すでに異変を察したのだろう、焦りを帯びた次郎の声が響く。

「木偶人形、が……、ここ、にも……」

「………」

沈黙は、困惑を表していた。さすがの次郎もこの展開は予想していなかったのだろう。

想定外の出来事に、思考はパニック寸前だった。しかし。

「……木偶人形の形状は」

そう聞かれて木偶人形に目を向けた瞬間、澪はふとあることに気付いた。

現れた木偶人形は人型で動きが遅く、集落の森で最初に見たものとよく似ていると。

少なくとも、西新宿のビルに仕込まれていた木偶人形たちのような攻撃的な雰囲気も、澪に対する執着も感じられない。

現に、ようやく土から上半身を出した木偶人形は、ギシ、と音を立てながら、まるで壊れたおもちゃのように首を左右に動かしていた。

「形も動きも、多分、最初に見たやつだと……」

「森で遭った奴か。……だったらまだマシだ。ただ、触れられたら術の主に気付かれるから距離を取れ」

「大丈夫です……。もう離れてます……」

「なら、そのまま音を立てないようにこっちに戻って来い」

「え……？　でも……」

戻って来いと言われた瞬間、込み上げたのは安堵《あんど》よりも焦りだった。

まさに今、目と鼻の先に仁明かもしれない人物がいるというのに、それも曖昧《あいまい》なまま退散してしまうのかと。

このチャンスを逃したら、こんなに接近できる機会なんてもう二度とないかもしれない。

そう考えると、簡単に頷《うなず》くことはできなかった。

澪の考えを察したのか、次郎の声が焦りを帯びる。

「おい、余計なことを考えるなよ。たとえ触れられなくとも、木偶人形が動き出せばいずれは異変に気付かれる。……捕まったら終わりだぞ」

〝終わり〟がなにを意味するか、よくわかっていた。

相手がもし仁明だったなら、式神を使って潜んでいた人間を見付けた場合、簡単に解放するはずがない。口止めのためにどんな手でも使うだろう。しかし。

「このまま戻っても……、結局は終わりに近付いていくだけなんじゃないでしょうか……」

「……おい」

「追い込まれてじわじわと終わるくらいだったら……、少々無理してでも情報を得た方が……」

「相手が仁明かどうかは、お前が命を張る程重要な情報じゃないだろ……！」

「重要ですよ……！　もし仁明だったら狙いは次郎さんなんだから……！」

必死に声を殺しながらもそう訴えた瞬間、心の中でずっとモヤモヤしていた不安の正体が、急に明確になったような感触を覚えた。

自分はずっと、次郎を失うことをなにより恐れていたのだ、と。

「……澪」

困った声で名前を呼ばれてももはや後には引けず、澪は押し黙る。すると。

「……お前を犠牲にして自分を守るくらいなら、俺は第六を離れる」

次郎が静かにそう呟《つぶや》いた瞬間、かつての記憶が一気に頭を駆け巡った。

それはまだ一哉を追っていた頃、次郎は突如オフィスに顔を出さなくなり、ついには第六物件管理部を畳むと言い出した。

当時の次郎が様々な葛藤《かっとう》や迷いを抱えていたことを今は理解しているけれど、あのときに覚えた絶望感は、今も忘れられない。

「そんなの、脅しじゃないですか……」

「どっちが」

「………」

「戻ってきてくれ。頼むから」

そんな言い方をされてしまうと、もうなにも言えなかった。

澪は苦しい気持ちを抑え、渋々頷く。

「……はい」

イヤホンから、次郎がほっと息をつく声が聞こえた。

澪はじりじりと動く木偶人形の様子を窺いながら、ひとまず最初に潜んでいたところに戻る。

一旦《いったん》背後を確認したものの、やはり木偶人形の動きは遅く、追い付いてくる気配はなかった。——しかし、そのとき。

突如、ボコンと不気味な音が響いたかと思うと、足元が大きく盛り上がった。

慌てて後退《あとずさ》ると同時に、土の中からボコッと音を立てて現れたのは、さっきと同じ木偶人形の首。

「っ……」

悲鳴を上げそうになり、澪は慌てて口を押さえる。

「じ、次郎、さん……」

「どうした」

「木偶人形が、他にも……」

まさかの出来事に、全身が震えた。

「落ち着け。……あらかじめ庭にいくつか民芸品を埋めていたんだろう。だが、さっきも言った通り俺らを狙うよう指示された奴らじゃない。……距離を取りながら逃げろ」

「わかり、ました……」

澪は頷き、震える足を無理やり動かして、木偶人形を避けるように庭を移動し出口に向かう。

しかし今度は、目の前の地面が三箇所同時に盛り上がった。

「っ……！」

頭の中は真っ白で、澪は動きを止める。

しかし、そうこうしているうちにも庭のあちこちから次々とボコンと嫌な音が響き、辺りを見渡せば、たくさんの木偶人形が土に埋まったまま、侵入者を捜すかのようにギシギシと首を動かしていた。

「どうしよう……、すごい数が……」

このままでは出口が塞《ふさ》がれてしまうと、澪は折れそうな心をなんとか奮い立たせ、新たに現れた木偶人形を避《よ》けながら無我夢中で先へ進む。——そのとき。

突如、バタンと大きな音が響き、玄関の方から灯《かが》りが漏れた。

誰かが出てきたらしいと、澪は反射的に体を屈めて庭木で体を隠し、様子を窺う。

すると、枝の隙間から揺れる黒いコートが見えた。

占い師だ、と。理解した瞬間に心臓が爆発しそうなくらいの鼓動を打つ。

占い師は玄関を出ると、重量感のあるコートの裾《すそ》をゆらゆらと揺らして数歩進み、それから立ち止まった。

足先は庭の方を向いていて、木偶人形が徘徊《はいかい》する様子を確認しているように見える。

澪の額にたちまち嫌な汗が滲《にじ》んだ。

逃げるべきだと全身が警告しているが、下手に動いて万が一今見つかったらそれこそ終わる。とはいえ、ここでじっとしていたところで、いずれは木偶人形に追い付かれてしまうだろう。

周囲を見回せば、ゆらゆらと揺れる木偶人形の姿が間近でいくつも確認できた。

もう数分ももちそうになく、澪は必死に頭を働かせる。

しかし、そのとき。

「――ご苦労様」

静かな声が響くと同時に、すべての木偶《でく》人形たちが動きを止め、そのままスッと姿を消した。

状況が理解できず、澪は混乱する。

しかし、占い師はふたたび足を進めて庭を出ると、あっさりと別荘を後にした。

耳が痛い程の沈黙の後、マメがもう大丈夫だと言わんばかりに澪に鼻先を寄せる。それでも、しばらくは身動きが取れなかった。

「澪。……なにがあった」

気配で異変を察したのか、次郎の声が聞こえ、澪は上半身を起こす。

「……占い師が、帰りました。……木偶人形も、なぜか動きを止めてしまって……」

周囲を確認すると、ぽつりぽつりと転がる民芸品が目に入った。

「なら、木偶人形はお前の気配に反応して動き出したわけじゃなく、別荘を使うときは常に見張りをさせていたんだろう。とにかく、近くまで行くからひとまず庭を出ろ」

「次郎さん」

「話は後で聞く」

「――次郎さん」

二度名を呼んだ瞬間、イヤホンの向こう側からわずかな動揺が伝わる。

しかし、もっとも動揺していたのは澪自身だった。

キッカケは言うまでもなく、占い師の声を聞いた瞬間のこと。そもそも声帯の障害で声は出せないという話だったが、澪が引っかかっていたのは、そんなことではなかった。

「澪……？」

「次郎、さん、……あの占い師は……」

声は酷《ひど》く震えていた。喉《のど》も掠《かす》れ、上手《うま》く声にならない。けれど、気付いてしまったこの事実を、一秒でも早く自分の中から出してしまいたかった。

「あの占い師は、――女です」

さっきから繰り返し頭を巡っているのは、「ご苦労様」と呟いた占い師の声。

それは小さな声だったけれど、明らかに年配男性のものではなく、なんだか楽しげに弾んでいるように感じられた。

「なに……？」

「女、なんです。……仁明じゃない」

「……」

次郎が黙るのは無理もなかった。

もちろん、占い師の正体が仁明であると確信していたわけではない。

けれど、澪をはじめ、関係する誰もがそれ以外に考えられないと思っていたことは事実だった。

そこが覆るとなると、これまでしてきた推測の多くは辻褄《つじつま》が合わなくなるし、数えきれない程の疑問が生じる。

ただ、今は細かいことまで頭が回らなかった。

「とにかく、一旦ここを離れる。結果はどうあれ今日の目的は果たした」

「……はい」

澪は頷《うなず》き、ゆっくりと立ち上がって、一度建物の方を確認する。

そして、リビングに動きがないことを確かめると、こっそり庭を出てその場を離れた。
ふらふらと歩いていると、やがて次郎の車のエンジン音が聞こえてくる。
いつもはほっとする音なのに、今日ばかりはそんな余裕はなかった。
澪は徐々に近付いてくるヘッドライトに目を細め、足を止める。そして。
あれは、――いったい誰なんだろう、と。
そのシンプルな疑問を、ただただ繰り返し考えていた。

過日の事件簿

恒久の誓い

もうすっかり燃え尽きてしまった、と。

そんなことをしみじみ思ったのは、東海林の人生において二度目の経験だった。

一度目は、自らの血筋も、生まれ育った妙恩寺も、なにもかもを捨てた日。

そして二度目は、佳代の魂が自分の元へ帰ってきた日。

心境はまったく違うけれど、心の中に余計なものがなにもなくなるという意味では、それらはよく似ていた。


思えば、とても多くの苦しみと懺悔《ざんげ》を抱えた人生だった。

佳代と再会を果たした瞬間にまず心を過《よぎ》ったのは、もう佳代以外のあらゆるものと距離を置きたいという思い。

振り返ってみれば、高い霊能力を持って生まれてしまった定めというべきか、寺を離れてからも東海林が普通に生きることはできなかった。

どんなに避けようとしても、無念に呪いに恨みにと多くの感情をこじらせた存在が、救いを求めて次々と東海林の元へと流れてくる。

それらは何度癒《いや》しても祓《はら》っても世の中から消えることはなく、長い年月の中で、人という存在そのものに嫌気が差すこともあったし、寺に籠《こも》っていた頃の方が、むしろ平穏に暮らせていたような気すらした。

しかし、これも自分が特殊な能力を持つがゆえの宿命と諦《あきら》め、すべてを受け入れたことこそ、佳代との再会を果たすキッカケとなったのもまた事実だった。

今となってみれば、第六リサーチという不思議な会社と関わったことも、そこに属する人間が佳代と繋《つな》がっていたことも、奇跡としか言いようがない。

しかし、――もう、いいのではないかと。

積年の望みが叶《かな》った瞬間、東海林は、体からすべての力が抜けていくような感覚を覚えていた。

奇《く》しくも体はすでに重い病に蝕《むしば》まれており、東海林に残された人生はさほど長くはない。

ならばなおのこと、もう佳代のことだけを考えて生きたいと、そんな望みが日に日に強くなっていったある日。

かつて佳代が折り鶴にしたためた〝パンダが見たい〟という拙《つたな》い文字を見つめながら、東海林は唐突に、第三の人生をはじめることを決めた。

衝動に突き動かされるまま中国行きのチケットを取ると、東海林は佳代の魂が宿る市松人形をそっと抱きしめる。

体温のないむき出しの魂が、愛《いと》しくもあり、悲しくもあった。

「佳代の願いをひとつ、叶えに行こう」

呟《つぶや》くと、佳代の首が小さく傾く。

東海林は頷き返しながら、逃れられないと思っていた自分の宿命も、霊も恨みも無念も、終わりのない人々の諍《いさか》いも、——今度こそすべてから離れて生きようと、決意していた。

中国は四川《しせん》省、成都《せいと》。

パンダの主な生息地として有名なこの場所には、主にジャイアントパンダの研究・繁殖を行う「成都ジャイアントパンダ繁殖研究基地」、通称「成都パンダ基地」がある。

いわゆる研究所ではあるが、一般客にも開放されており、一年を通して多くのパンダたちを見ることができる世界的に有名な観光地のひとつだ。

パンダなら日本でも見ることはできるけれど、どうせ叶えるならば本場でという思いや、新たな人生のスタートとして少し日常離れした場所に行きたいという東海林自身の気持ちもあり、成都を選んだ。

成都に降り立った東海林は、ひとまず予約していたホテルへ向かい、その立派な門の前で一旦《いったん》立ち止まる。

成都はとても栄えた街で、世界的に有名なホテルチェーンも数々あるが、東海林が予約したホテルは両端が大きく反った屋根や朱色に塗られた柱が特徴的な、佇まいから中国の伝統を感じる荘厳なホテルだった。

しかし、せっかくの旅に影が差したのは、ホテルに足を踏み入れて間もなくのこと。

ロビーを歩きながら、東海林はふと不穏な気配に気付いた。

長年の癖が抜けず、一旦は気配の元を辿《たど》ろうと思わず集中したものの、すぐに我に返ってフロントへ向かう。

しかし、漂う気配はかなり重く、チェックインしながら何気なく振り返ると、一人の若い女性に目が留まった。

その女性の周囲だけ、明らかに空気が澱《よど》んでいる。なにかが憑いていることは確認するまでもなかった。

しかも、おそらくは、お札などですぐにどうにかなる類《たぐい》のものではない。

少し前の自分なら、どうしていただろうか、と。

一瞬そんな考えが頭を過《よぎ》ったけれど、それではこの旅の意味がないと、東海林は無理やり考えを振り払ってふたたび正面に視線を向けた。すると。

『彼女は海外からのお客様に観光案内をしている臨時スタッフで、日系ですから日本語も話せます。呼びましょうか』

フロントの男性がそう言い、にっこりと微笑んだ。

このホテルで通用する外国語は英語のみと聞いていたし、中国語はもちろん、英語も日常会話程度しか話せない東海林にとって、本来ならばこれ以上ありがたい提案はない。

しかし、東海林はノーと短く答え、部屋の鍵《かぎ》を受け取った。

関わってしまえば、即座に第三の人生は、第二の人生のただの続きになってしまうだろう。

それだけは、なんとしても避けたかった。


翌朝、東海林は早速成都パンダ基地へ向かうため、ホテルの前でタクシーを止めた。

すぐ傍に地下鉄の駅もあったけれど、中国語が話せない東海林にとって、公共交通機関を利用して迷いながら行くよりも、行き先さえ伝えれば到着するタクシーの方がずっと気楽だった。

しかし、タクシーに乗り込もうとした瞬間に後ろから腕を引かれ、驚いて振り返ると、立っていたのは、昨日見た悪霊に憑《つ》かれている女性。

驚く東海林を他所《よそ》に、女性は唐突にタクシーの運転手と中国語で会話をはじめる。

内容は理解できないが、冷静になにかを話す女性とは逆に運転手の口調は次第に荒々しくなり、やがてタクシーは走り去っていった。

女性はくるりと振り返ると、呆然《ぼうぜん》と立ち尽くす東海林と目を合わせる。

そして。

「あのタクシーはボッタクリなの。すぐに観光客をカモにするから、気をつけてくださいね」

そう言って、柔らかい笑みを浮かべた。

間近で見ると思っていたよりもずっと若く、大きな目がとても印象的だった。

今は昨日程の不穏さはないが、奥の方で息を潜める禍々《まがまが》しい気配が確かにある。

「……それはそれは、ご親切に」

東海林が頭を下げると、女性はさらに笑みを深めた。

「少し待っていてもらえますか？　すぐに違うタクシーを止めますから。行き先は？」

「ありがとうございます。成都パンダ基地です」

女性は頷《うなず》くと、すぐに違うタクシーを止める。

そして慣れた仕草でドアを開け、東海林を中へ促すと、運転手に行き先を伝えてくれた。

「なにからなにまで、助かりました。私は東海林と申します。あなたのお名前をお伺いしても」

「徐鈴玉《シュリンユー》です。気軽に鈴玉と呼んでください」

「鈴玉さん、ですね。本当にありがとう」

「いえ、楽しんできてくださいね」

やがてタクシーが発進し、東海林は小さく息をつく。

鈴玉は、とても親切だった。図らずも人柄を知ってしまったことで、心の中には複雑な気持ちが渦巻いていた。

人生の再スタートなんて延期すればいいと、せめて受けた恩は返すべきではないかという思いがまったくないわけではない。

しかし、単純に、相手が悪すぎるという問題があった。

鈴玉に近寄ったことで察したのは、彼女に憑いている気配が、途方もない年月を彷徨《さまよ》い続けた厄介な地縛霊であるということ。

やはり、すぐにどうにかできるようなものではなく、完全に祓うには身一つでは到底無理で、御仏の力を借りなければならない。

ここが日本ならばまだしも、今の東海林にとって、それは現実的ではなかった。

成都パンダ基地では、市松人形を抱えて回る東海林の姿はかなり異質だった。

しかし、到着した瞬間に佳代から高揚感が伝わってきて、少々目立っていようとも、そんなことは気にならなかった。

戯れるパンダたちの姿を眺めながら、東海林の頭を過《よぎ》るのは、霊から守ることに必死でどこにも連れて行けなかった佳代の幼少期のこと。

当時は、この血筋に生まれてしまったが故の宿命だと自分に言い聞かせていたけれど、今になって考えれば理不尽でしかなかった。

血筋も宿命も馬鹿馬鹿しいと、東海林は思う。

そんなものが佳代の命を脅かす理由になるなんて、どうして一瞬でも思えたのだろうかと。

そして、――やはり、自分の時間はすべて佳代に使うべきだと、改めてそう考えていた。

今持てるすべてを佳代に差し出したところで、佳代が失ったものは到底埋められない。だから、他のことに心を砕いている暇などない。

ふと鈴玉のことが頭を過ったけれど、これは新たな道を進もうとする自分に課せられた試練なのだと、東海林は無理やり自分を納得させる。

佳代から伝わってくる東海林と似た不安にも、気付かないフリをしながら。


「さあ、次はどの願いを叶《かな》えに行こうか」

ホテルに戻った東海林は、部屋で佳代の折り鶴を広げながら、次の行き先のことを考えていた。

パンダが見たいという願いは叶えられたけれど、佳代の願いはまだまだ多く残っている。

「野生のキリンを見たい、か。いくらサバンナでも冬は気温が低くなると聞くから、これは春になってからの方がよさそうだね。……こっちは、大きな滝か。ブラジルにある有名な滝なら南半球だから、今なら……佳代？」

東海林が真剣に悩んでいる隙に膝《ひざ》の上にいたはずの佳代がおらず、部屋をぐるりと見回すと、佳代は出入口の前にぽつんと佇《たたず》んでいた。

「佳代、どうした?」

傍へ行き尋ねると、佳代はカクンと首を傾け、東海林をじっと見上げる。

「出たいのかい?」

佳代は、魂が揃って以来、言葉で意思を伝えることが減った。霊とは癒《いや》されるにつれ静かになっていくものであり、良い兆候だと思っていたけれど、こうしてふいに予想もしない行動を取られると、少し不安を覚える。

東海林は佳代を抱えて戸を開け、部屋の外に出た。

すると、佳代の小さな手が廊下の奥を指差す。

「あっちに、なにか?」

尋ねながらも、既に嫌な予感がしていた。

けれど、不思議と引き返そうとは思わなかった。

東海林は佳代の案内に従い、エレベーターで一階まで降りてさらに廊下を進む。

やがて別館に通じる渡り廊下に差し掛かると、窓越しに広がっていたのは、提灯《ちょうちん》の灯りに照らされた、幻想的な中庭の光景。

小さな池とそれに架かる橋、奥に佇む楼亭《ろうてい》が、まるで異世界のような雰囲気を醸し出していた。

しかし、その美しさに浸る間もなく、東海林はふいに禍々しい気配を覚える。

反射的に数珠《じゅず》を握りしめて視線を彷徨わせると、中庭の一角に、酷《ひど》く空気の澱んでいる場所があった。

その気配には覚えがあり、東海林は静かにガラス戸を開けて様子を窺《うかが》う。

見れば、澱んだ空気の中心にぽつんと立っていたのは、ある意味予想通りと言うべきか、鈴玉だった。

呆然としている様子から、今は意識のほとんどを霊に奪われているのだろうと判断できる。

気配を潜めていた朝とはまったく違い、今は邪悪な空気が中庭中に蔓延《まんえん》していて、不用意に近寄れる状態ではなかった。

佳代は東海林に抱かれたまま、その姿をじっと見つめている。

「……気になるんだね」

尋ねると、佳代の小さな手がわずかに動いた。

おそらく、悪霊に蝕《むしば》まれていたかつての自分と重ねているのだろう。それがわかるからこそ、東海林の胸も酷く締め付けられた。

しかし。

「佳代、……私の力では、きっとどうにもならない」

東海林の判断に、変わりはなかった。

腕の中で、佳代の心が沈んでいく感覚を覚える。

「……今のは、ずるい言い方だったかもしれないな。たとえ私の力でどうにかできたとしても、私に残された精神力には限りがある。だから、今あれを祓《はら》うわけにはいかない。私は、君のために命のすべてを使うと決めた。……叶えなければならない願いはまだまだたくさんある」

なにより大切な決めごとを口にするのに、どうしてこうも苦しいのだろうと東海林は思っていた。

どれだけ長い年月佳代のことを思ってきたか、後悔を重ねてきたか、苦しんできたか。そんな自分が今、佳代をなにより優先させてなにがおかしいのだろうと。

誰に責められているわけでもないのに、考えれば考える程、心が大きく歪《ゆが》んでいくような息苦しさを覚えた。

東海林は静かに深呼吸をし、ガラス戸を閉める。

そして、そもそも自分はあの日から、――血筋を捨て、多くの檀家《だんか》を裏切り、信じるものを失ったあの日から、ずっと歪んでいるではないか、と。そうやって自分を貶《けな》すことでなんとか心を保った。

東海林は、鉛を引きずっているかのような足の重さに気付かぬフリをして、廊下を戻る。

誰かの泣き声が聞こえた気がしたけれど、心を固く閉ざしたそのときの東海林には、それが幻聴か現実なのかすら判断できなかった。

ずいぶん久しぶりに夢を見た。

始まりは、闇の中で冷たい水の中に揺蕩《たゆた》いながら、ただぼんやりとしているだけの、空虚な夢だった。

東海林が夢を見るときは、予知夢や虫の知らせである場合が多い。

しかし、周囲を見渡しても、なにかの予兆と思われるようなものはなく、ただただ闇が続くのみ。

それはとても寂しく、なんだか不安になる心地だった。

ふと、ここはいずれ自分の魂が行き着く先ではないだろうかと考えている自分がいる。

多くの間違いを犯してきた自分ならば、これだけ寂しい場所が待っていても不思議ではないと。

しかし、そのとき。

ふいに、視界に細く光が差した。

それは次第に明るさを増し、東海林は固く目を閉じる。

やがて光が消えゆっくりと目を開けると、正面には、知った顔があった。

「着物も顔も綺麗《きれい》になってる……！」

そこにいたのは、澪。

驚いた表情を浮かべながら、とても優しい仕草で頬を撫《な》でる。

その瞬間、――これは佳代の記憶に違いないと、東海林は察した。

廃寺となった妙恩寺から佳代を連れ帰ったのは、澪だと聞いている。おそらく、これは出会って間もない頃の出来事なのだろう。

同時に、冷たい水に浸《つ》かっているようだった心地が、佳代の心情を表すかのようにふわりと温かいものに変わる。

佳代の目を通して見た澪には、それくらい大きな安心感があった。

そして、澪からは、普通の人間ならば多少は持つはずの心の澱《よど》みがまったく感じられない。

ただ、それは良いことばかりではなく、そういう人程憑《つ》かれやすく、佳代と同様に霊に悩まされやすい。

佳代から伝わってくる感情には、澪に対しての信頼感と、思慕と、そして強い憂慮があった。

佳代は憑かれやすい自分と澪を重ね、気にかけているらしい。

東海林が初めて澪と会ったときにも似たような感想を持ったけれど、佳代が澪に対して抱いている気持ちは、もはや母親さながらに深いものだった。

普段、澪は佳代をまるで妹のように気遣ってくれるが、一方で佳代はまるで娘のような感覚で澪と接していたのだと知り、つい笑みが零《こぼ》れる。

佳代は幼くして亡くなっているけれど、彷徨《さまよ》った年月を考えれば、そうであってもさほど不自然ではなかった。

この優しさはきっと母親譲りだと、東海林はずいぶん久しぶりに妻のことを思い返す。

温かい気持ちで当時のことを振り返ったのは、久しぶりだった。

しかし。

突如目の前の景色が変化し、視界に広がったのは、真っ暗な森の光景。

急なことに驚き、様子を窺っていると、間もなく森を歩く足音と不安げな息遣いが聞こえてきた。

時折、わずかな会話も聞こえるが、はっきりとは聞き取れない。よく見れば、視界もかなりぼんやりしている。

東海林が予知夢を見るときと、感覚が少し似ていた。

はっきりと伝わってくるのは、森を歩いている人物の恐怖心と不安。まるで、なにかから逃げているような焦りも感じられる。そして。

「――の、木偶《でく》……、たいな霊、私たちを……でしょうか……」

途切れ途切れに、聞き覚えのある声が聞こえた。

――澪さん……？

一度気付いてしまえば、伝わってくる気配は明らかに澪のものだった。ただ、もしこれが予知夢ならば、近々澪に不穏な出来事が起こる可能性があると、東海林は不安を覚える。

しかし、相変わらず視界は曖昧《あいまい》で声も聞こえず、状況がまったくわからない。

こんな予知夢は過去になく、東海林はただただ困惑していた。

しかし、そのとき。ふと、重要な事実が頭を過《よぎ》る。

自分は今、佳代の意識の中にいるのだ、と。

つまり、これは佳代が見たもの、――おそらく佳代が見た予知夢である可能性が高い。

いまだかつてない現象であり確信はないが、もしそうだとするならば、東海林とは見え方が違うことにも納得がいく。

そして、それと同時に理解したのは、佳代が抱く澪への感情は、東海林の想像をはるかに超えるものであるということ。

身を案じて予知夢を見る程となると、あながち、まるで親のようだというさっき浮かんだ譬《たと》えも間違っていない。

――君は、同じ境遇の人間をどうしても放っておけないんだね。

心の中で話しかけると、ふいに柔らかい空気に包まれる。

しかし、そのとき。突如視界が暗転し、周囲は一気に禍々《まがまが》しい気配に包まれた。

そして、戸惑う間もなく、ぽつんと浮かび上がる提灯《ちょうちん》の灯り。

さっきと違い視界ははっきりしていて、東海林は、これは予知夢ではなく記憶だと、

――それも、昨晩見たばかりの中庭の光景だと、すぐに理解した。

やがて視界に浮かび上がる、鈴玉の姿。そして。

『――お父さん』

突如、頭の中で佳代の声が響いた。

その小さな声を聞いた途端、床に伏せっていた頃の佳代の姿が頭を過り、胸が締め付けられる。

視界の先では、立ちすくんでいた鈴玉ががっくりと脱力し、地面に膝《ひざ》をついた。どうやら、鈴玉の体は思ったよりも蝕《むしば》まれているらしい。

もうさほど長くは持たないだろうと東海林は思う。そのとき。

『お父さん　――お願い』

ふたたび響いた言葉に、心が大きく震えた。

同時に、東海林の手をきゅっと握る懐かしい感触を覚える。それは、握り返そうものなら消えてしまいそうな程に微《かす》かなものだったけれど、とても優しく、そして温かく東海林の手を包んだ。

――君にお願いされたら、私は。

心の中で呟《つぶや》いた瞬間、目頭が熱を持った。

『お父さん　なら　きっと』

――叶《かな》えなければならない。

会話はうまく交差しなくても、心は通じ合っている気がした。

東海林は佳代の体温を感じながら、ゆっくりと目を閉じる。

そして、――改めて、第三の人生に掲げたはずの、一番大切なことを考えていた。


目を覚ましたのは、夜明け前。

いつの間にか手には折り鶴が握られていて、開くと、そこには「お父さんとずっと一緒にいたい」という、もう何度も読み返した願いがあった。

東海林はその小さな文字をしばらく見つめ、それから枕元にぽつんと座る佳代の頭を撫でる。

「……考えてみれば、願いが増えるのは当たり前のことだ。――あれからずいぶん長い年月が流れたのだから」

佳代の目が、小さく揺れた気がした。

「幼い君の願いをすべて叶えようと意固地になっていたけれど、もしかしたら、すべては無理なのかもしれない。――ただ」

東海林は体を起こし、何度も開いて折り目が擦り切れている折り紙を、丁寧に鶴の形に戻す。そして。

「たとえ私の命がさほど残っていなくとも、君が強く思っていたこの願いだけは叶う。……そう考えると、私に失うものはないな」

なんだか憑き物が落ちたかのような心地だった。

佳代の小さな手がかすかに動き、指先にそっと触れる。

東海林は頷《うなず》き、白みはじめた窓の外に視線を向けた。そして。

「さて。……どうしたものか」

鈴玉のことを考えながら、苦笑いを浮かべる。

かなりの難題であることに違いはないけれど、娘の願いだと割り切った今、すでに心は決まっていた。


「鈴玉さん、お願いがあるのですが」

朝になり、東海林は支度をして部屋を出ると、鈴玉を捜してそう声をかけた。

鈴玉は少し驚いていたけれど、すぐに屈託のない笑みを浮かべて頷く。

「ええ、もちろん。なにかお困りですか？」

「はい。実は、近くの寺を参りたいと思っておりまして。ここらでおすすめがあればと」

「でしたら、文殊院《もんじゅいん》はいかがですか？　清《しん》代に建て直され文殊院と名を変えましたが、千四百年あまりの歴史がある立派な寺院です。観光客も多いですが、入場無料ですし、どちらかと言えば地元の方々が日常的にお参りする、とても親しまれているお寺です。なにより三百尊あまりの仏像がありますから、見応《みごた》えがあると思いますよ」

鈴玉は手にしている観光案内を見もせずに、流暢《りゅうちょう》にそう語った。

「それは、とてもいいね」

「でしたら、タクシーを止めますね！」

東海林が頷くと、鈴玉は早速外へ向かう。しかし。

「鈴玉さん。……実は、もうひとつお願いが」

そう言うと、鈴玉は振り返り、小さく首をかしげた。

「なんでしょう？」

「よければ、ほんの小一時間あまりで構いませんから、その文殊院へお付き合いいただけませんか。実は昨日のパンダ基地でも、言葉が通じないためにずいぶん苦労しまして、少し気が滅入《めい》ってしまい。……無茶なお願いだとわかっているのですが」

成都パンダ基地での話は真実ではなかったけれど、東海林の言葉に鈴玉は心から同情した様子で、深く頷いた。

「大変な思いをされたんですね……。普段は現地をご案内するようなことはないんですけど、そういうご事情でしたら上に聞いてきます！　少しお待ちいただけますか？」

「ええ、もちろん。本当にすみません」

「とんでもない！　私はアルバイトなので融通が利きますし、楽しんでいただくのが私の役目ですから。それに、実はこの季節は遠方からのお客様が少ないので、仕事も少なくて退屈していたんです」

東海林に気を遣わせないためか、いたずらっぽく笑ってフロントへ向かう鈴玉を目で追いながら、なんていい子なのだろうと東海林は改めて思う。

佳代から頼まれるまでは見捨てようとしていたのに、こうして親身になってくれる姿に心が痛んだ。

ただ、東海林が考えた計画が上手《うま》くいくとは限らず、東海林はポケットに忍ばせているお札と数珠《じゅず》にそっと触れる。

そして、夢の中で佳代が言った「お父さんならきっと」という言葉を心の中でゆっくりと繰り返した。

「……そうであることを願うよ」

ひとり言を呟くと、ちょうど戻ってきた鈴玉が不思議そうな表情を浮かべる。

「東海林さん、許可が下りましたよ……？」

「それはよかった。……すみません、娘の形見と語っておりまして」

そう言って佳代を見せると、鈴玉は穏やかに笑った。

「ああ、そういうことだったんですね。昨日もご一緒だったので、大切なお人形なんだろうと思っていました」

「ええ、……一緒に行動することで、君もおかしな視線を浴びるかもしれないけれど…

…」

「構いませんよ、そんなの」

鈴玉はなんでもないことのようにそう言い、早速ホテルの外に出ると、地下鉄の入口を指差す。

「今日は私がご案内できますから、地下鉄で行きましょう。安いし、駅から文殊院までは徒歩五分ですから」

「ええ、もちろん。助かります」

明らかに面倒なことを頼んでいるというのに、なんだか楽しげに提案をくれる鈴玉には、どこか澪を思い起こさせるような雰囲気があった。

それも佳代が気にかける理由のひとつかもしれないと、東海林は密《ひそ》かに思う。

やがて鈴玉は東海林を地下鉄に案内してくれ、路線図を指差しながらお薦めの観光地や美味《おい》しい店など、いろいろな情報を教えてくれた。

ただ、どんなに笑っていても、その顔色はあまり芳しくない。おそらく、東海林が傍にいることで、鈴玉に憑いている地縛霊が警戒しているのだろう。

胸元に抱えている佳代が、不安げに東海林の服を摑《つか》む。東海林はこっそりと頷き返しながら、急がなければならないと焦りを覚えた。

「ところで、どうしてお寺に？」

鈴玉からふとそんな疑問を投げかけられたのは、地下鉄を降りて間もなくのこと。目線の先には、すでに文殊院の立派な門が見えていた。

「理由、ですか」

「なんとなく気になって。成都のお寺をご存じなかったみたいですし、急に思いついたって感じだったから」

「ああ。……確かにそうですね。実は少し困ったことがありまして。そういうときに仏様に頼ってしまうのは、体に染みついた癖といいますか」

「癖？」

「大昔に坊主だったものですから。よくない辞め方をしましたが、かつては私のすべてを捧《ささ》げていましたので、まだ少しくらいはご尽力いただけるのではないかと」

「はあ……」

鈴玉は、よくわからないといった様子で曖昧《あいまい》に相槌《あいづち》を打った。しかし、門を抜けるやいなや、すぐに表情を明るく戻す。

「東海林さん見てください、広いでしょう？　中には庭園もあるんですよ」

鈴玉が言った通り、文殊院の境内はかなり広く、あちこちにお堂の屋根が見えた。

日本の寺院とは雰囲気が違うが、それでも不思議な懐かしさがあり、気持ちがスッと穏やかになる。

「そういえば、三百尊の仏像があるとおっしゃっていましたね」

「そうなんです。そもそもお堂がたくさんありまして、大雄宝殿《だいゆうほうでん》と呼ばれるいわゆる本堂に天王殿《てんのうでん》に……。でも一番大きいのは文殊閣《かく》かな。千体仏《せんたいふつ》があって、壮観ですよ」

「千体仏ですか。それは心強い」

「心強い……？」

「いえ、ではまずは本堂と、それから文殊閣へご案内いただけますか？」

「もちろん！　行きましょう」

東海林たちが最初に向かったのは、本堂。境内はさほど混んでいないけれど、本堂には行列ができていた。

お参りの作法も日本と違い、人によって多少の違いはあれど、地面に置かれた枕椅子に膝《ひざ》をついて参る方法が主流であり、中には地面に平伏《ひれふ》す参拝者もいるため列ができやすい。

東海林たちはひとまず本堂への参拝を終えると、それから文殊院の境内を最奥まで進んだ。

しばらく歩くと、屋根に「文殊閣」いう扁額《へんがく》を掲げる、三階建ての立派なお堂に行き着く。

そこは、近寄る前から自然と気持ちが引き締まるような、不思議なオーラを纏《まと》ったお堂だった。

正面に立つと、全身にピリッと緊張が走る。

鈴玉は来慣れているのか、早速中に入り、東海林を手招きした。

「タイミングによっては講堂でたくさんのお坊さんたちが読経《どきょう》するところを見学できるんですけど、今は静かですね」

鈴玉は少し残念そうにしていたけれど、東海林は数々の仏像が並ぶ荘厳な空間にただただ圧倒されていた。

初めて来た場所だというのに、なぜだか「おかえり」と言われているような気がして不思議と目頭が熱くなる。

「素晴らしいですね」

なかば無意識に呟《つぶや》くと、鈴玉が穏やかな笑みを浮かべた。

「気に入りましたか？」

「ええ。ここは、言い表せない程の深い慈愛を感じます。……私のような者まで受け入れてくれるなんて」

「よかった。……もう少し奥に行ってみましょう」

鈴玉は東海林の反応が嬉《うれ》しかったのか、さらに奥へと足を進める。

しかし、その後ろ姿を見て東海林は息を呑《の》んだ。

東海林に視《み》えていたのは、鈴玉の背中に覆い被《かぶ》さる黒い影。それこそ鈴玉を蝕《むしば》んでいる地縛霊に違いないが、ここは相当居心地が悪いと見え、激しく蠢《うごめ》いている。

醸し出す禍々《まがまが》しさは、中庭で見かけたときをさらに上回っていた。——そして。

「あれ……？　なんだか急に……」

突如、前を歩いていた鈴玉がふらりとよろける。これだけ地縛霊が暴れていれば、体に影響があるのは当然だった。

「鈴玉さん、大丈夫ですか？」

「……ときどき、具合が悪くなるんです」

「少し休みましょう。……ここは人が通るので、少しだけ動けますか？」

東海林は鈴玉の手を取り、通路を誘導する。向かったのは、ここに入った瞬間から大きな存在感を放っていた場所。

気配を辿《たど》るように移動すると、やがて三尊の釈迦《しゃか》像があった。

まるで知った場所のように移動した東海林に、鈴玉は具合が悪そうにしながらも首をかしげる。

「東海林、さん……？」

「ここはあまり人がいません。さあ、座って」

東海林は通路沿いに置かれた椅子を引き寄せ、鈴玉を座らせた。そして、その背中にそっと触れる。

その瞬間、地縛霊の気配が大きく膨らむ感覚を覚えた。

やれるだろうか、と。東海林はゆっくりと息を吐き、視線を上げる。その瞬間、釈迦像の慈愛に満ちた目に捉《とら》えられた。

驚く程に気持ちが凪《な》ぎ、東海林はポケットからそっとお札を取り出す。

それは、佳代の夢を見て目覚めたときからずっと祈禱《きとう》していた、特別に用意したものだ。

ただし、鈴玉に憑いた悪霊を祓《はら》うには、これだけでは到底太刀打ちできない。

東海林はふたたび釈迦像に目を向け、それからお札を指の間に挟む。そして、その手を鈴玉の背中に思い切り振り下ろした――瞬間。

建物全体がビリッと振動し、同時に鈴玉の体から巨大な黒い塊がずるりと抜け出てきた。

全身を現した地縛霊は、長い年月この世に留《とど》まり続けたせいかもはや生き物の形をしておらず、鈴玉の上を煙のように漂っている。

今にも鈴玉の体に戻りそうで、東海林は即座に数珠《じゅず》を手にし、小さな声でお経を唱えた。

すると、地縛霊は大きく姿を歪《ゆが》ませる。辺り一帯が、たちまち禍々しい気配で満ちた。

しかし。

「お釈迦様、――どうか……」

そう呟いた瞬間、地縛霊はぴたりと動きを止めた。

辺りを包む、まるで時間ごと止まってしまったかのような静寂。

しかし、地縛霊は突如、砂が舞うように空気に大きく広がったかと思うと、そのまま釈迦像の中へと勢いよく吸い込まれていった。

辺りはふたたびしんと静まり返る。

建物が揺れたせいか、遠くから参拝者の戸惑う声が聞こえてきた。

そんな中、鈴玉がゆっくりと顔を上げる。

「あれ……？　なんか……」

「具合はいかがですか？」

「それが……、なんだか急によくなって……」

「それはよかった」

鈴玉は、キョトンとしていた。

地縛霊が抜け出た前後のことは覚えていないようで、東海林はわざわざ説明するまでもないと、鈴玉を出口へと促す。

「さあ、私はもう満足です。ホテルへ戻りましょう」

「え？　もう……？」

「ええ。お釈迦様の懐の深さを改めて知ることができましたから。……寺を離れた身ですが、これからはまた日々感謝して生きようと思います」

東海林がそう言って笑うと、鈴玉は首をかしげながらも、結局は頷《うなず》く。

「東海林さんがそうおっしゃるなら……」

「さて。ホテルへ戻る前に、もしよろしければなにかご馳走《ちそう》させてください。今日のお礼に」

「え、いいんですか……？　ありがとうございます！」

憑《つ》き物がすっかり取れた鈴玉の笑顔は、これまでとは比にならないくらいに眩《まぶ》しかった。

東海林は佳代をそっと抱きしめながら、この笑顔を守れてよかったと、改めて思っていた。

＊

澪から電話があったのは、その日の夜のこと。

呼び出し音が鳴った瞬間から、東海林はこれまでに感じたことがないくらいの不穏な予感を覚えていた。

頭を過《よぎ》るのは、佳代を通じて見た予知夢。東海林は一度ゆっくりと深呼吸をし、通話ボタンをタップした。

「――厄介なことになっているようですね」

詳細を聞くまでもなく、濃密な呪いの気配が電話を通じて伝わってくる。

澪は酷《ひど》く動揺した声で、山の中で不気味な木偶《でく》人形に追い回されていると話した。

やはり予知夢の通りだと東海林は思う。

東海林は澪に大丈夫だと言い聞かせ、呪いが停止する夜明けを待つようにと指示をして、電話を終えた。

携帯を置くと、不安げに東海林を見上げる佳代と目が合う。

「……まだまだ、燃え尽きている場合ではなかったらしい」

そのときの東海林は、心の中に、――もう消し炭だらけだと思っていた心の中に、新たな炎が宿る気配を覚えていた。

苦笑いを浮かべると、佳代の瞳《ひとみ》が小さく揺れる。そして。

「佳代から託された願いは、必ず叶《かな》えるよ。……何度人生に節目を付けようとも」

そう呟いた瞬間、心の中の炎が大きく揺らめいた気がした。

本書は書き下ろしです。
この作品はフィクションです。実在の人物、団体等とは一切関係ありません。

丸《まる》の内《うち》で就職《しゆうしよく》したら、幽霊《ゆうれい》物件《ぶつけん》担当《たんとう》でした。12

竹村《たけむら》優希《ゆき》

令和4年 7月25日 初版発行

発行者●青柳昌行

発行●株式会社KADOKAWA
〒102-8177 東京都千代田区富士見2-13-3
電話 0570-002-301（ナビダイヤル）

角川文庫 23260

印刷所●株式会社暁印刷
製本所●本間製本株式会社

表紙画●和田三造

ISBN 978-4-04-112562-5 C0193

◇◇◇